Causeries du Besacier

MÉLANGES

POUR SERVIR A L'HISTOIRE

DES PAYS QUI FORMENT AUJOURD'HUI

LE

DÉPARTEMENT DE L'OISE

(Picardie méridionale — Nord de l'Ile-de-France)

PAR

LE VICOMTE DE CAIX DE SAINT-AYMOUR

PARIS

A. CLAUDIN	H. CHAMPION
LIBRAIRE	LIBRAIRE
16, rue Dauphine	9, quai Voltaire

1892

CAUSERIES DU BESACIER

PREMIÈRE SÉRIE

Ouvrages du même Auteur :

Mémoire sur l'Origine de la Ville et du Nom de Senlis. — Senlis, 1863. — In-8°.

La Langue latine étudiée dans l'Unité Indo-Européenne. — *Histoire, Grammaire, Lexique.* — Paris, 1868. — 1 vol. in-8°.

La Grande Voie romaine de Senlis à Beauvais et l'Emplacement de Litanobriga. — Senlis, 1873. — In-8°, 2 cartes.

Note sur un Temple romain découvert dans la forêt d'Halatte. — Paris, 1874. — In-12.

Etude sur quelques Monuments mégalithiques de la Vallée de l'Oise. — Paris, 1875. — In-8°, 50 fig.

Notice sur des Tombes découvertes dans le Cimetière de Mont-l'Evêque (Oise). — Senlis, 1876. — In-8° avec fig.

Un Sceau du Prieuré de Bray-sur-Aunette. — Senlis, 1875. — In-8° avec fig.

Le Musée archéologique, *Recueil illustré de monuments, etc.*, publié avec la collaboration d'archéologues français et étrangers. — Paris, 1876-77. — 2 vol grand in-8° avec fig.

Annuaire des Sciences historiques. — Paris, 1877. — 1 vol. in-12.

Les Pays Sud-Slaves de l'Austro-Hongrie *(Croatie, Slavonie, Bosnie, Herzégovine, Dalmatie).* — Paris, 1883. — In-18 jésus, 58 gravures.

Les Intérêts français dans le Soudan Ethiopien. — Paris, 1884. — In-18 jésus, 3 cartes.

La France en Ethiopie : Histoire des Relations de la France avec l'Abyssinie chrétienne, sous les règnes de Louis XIII et Louis XIV (1634-1706). — Paris, 1886, 1ʳᵉ édit. — In-18 jésus, avec carte. — Paris, 1892, 2° édit.

Recueil des Instructions données aux Ambassadeurs de France... en Portugal, publié sous les auspices de la Commission des Archives Diplomatiques au Ministère des Affaires Etrangères. — Paris, 1886. — 1 vol. gr. in-8°.

Les Châtelains de Beauvais. — Beauvais, 1888. — In-8° avec fig.

Arabes et Kabyles (Questions algériennes). — Paris, 1891. — In-18 jésus.

Causeries du Besacier

—:◦:—

MÉLANGES

POUR SERVIR A L'HISTOIRE

DES PAYS QUI FORMENT AUJOURD'HUI

LE

DÉPARTEMENT DE L'OISE

(Picardie méridionale — Nord de l'Ile-de-France)

PAR

LE VICOMTE DE CAIX DE SAINT-AYMOUR

——➤◄——

PARIS

A. CLAUDIN	H. CHAMPION
LIBRAIRE	LIBRAIRE
46, rue Dauphine	9, quai Voltaire

1892

AVANT-PROPOS

Les Sobriquets des Archers et Arquebusiers.

Causeries du Besacier ! singulier titre, dira le lecteur. Je vais donc avant tout expliquer pourquoi j'ai mis ces trois mots en tête d'une série d'études destinées à recueillir les miettes de l'histoire de notre pays. Aussi bien, puisqu'il me fallait une étiquette, celle-là en valait bien une autre, et elle a, sur beaucoup d'autres, l'avantage de rappeler des souvenirs bien senlisiens.

On sait, en effet, quelle était autrefois l'importance des compagnies d'archers et d'arquebusiers dans les villes du Nord de la France. Ces compagnies qui, lors de leur formation, au XV° siècle, avaient été le premier embryon des armées permanentes, survivaient à la nécessité de défense nationale qui leur avait donné naissance, et, traversant l'histoire en gardant leurs honorables

1

traditions et leurs glorieux privilèges, elles
'étaient devenues peu à peu des réunions de
plaisir dans lesquelles les bourgeois et ma-
nants venaient exercer leur adresse et causer
des affaires de la commune. Dans toutes
les cérémonies publiques, ces compagnies
jouaient un rôle important, et les annales
judiciaires des deux derniers siècles sont
remplies des procès de préséance qu'elles
intentaient constamment aux corps municipaux plus jeunes et partant plus vivaces qui
abusaient de leur situation pour mettre en
péril les vieux privilèges des compagnies
d'arquebuse. Je n'ai pas besoin d'ajouter que
nos compagnies d'arc actuelles, avec leurs
capitaines, leurs empereurs et leurs rois,
sont les filles très légitimes, bien que très
dégénérées, de leurs devancières du temps
passé, et qu'on retrouverait chez elles, au
besoin, l'organisation et fort souvent les
préjugés des vieilles sociétés d'arquebuse.

Or, toutes ces compagnies d'arquebusiers
avaient, pour se reconnaître dans les tirs et
les fêtes où elles se trouvaient réunies en
grand nombre, un surnom ou sobriquet dû
souvent à des causes très diverses.

Ainsi l'on disait : *Les Mangeurs de pain
d'épice* de Reims, — allusion au commerce spécial de cette ville; d'autres sobriquets analogues pouvaient n'être qu'un souvenir de quelque goût particulier aux gens
du pays : les *Savourets* ou les *Mangeurs
d'agourmiaux* ou *de dagourmiaux* de Cou-

lommiers, les *Mangeurs de gaudichons* de
Rethel, les *Mangeux de rapaillée* (1) de
Colonfay, les *Mangeux de Leu* (Loup) du
Sourd (Aisne), les *Mangeurs de soupe chaude*
de Rosoy-en-Brie; de ce dernier nom, nous
pouvons rapprocher l'épithète appliquée aux
arquebusiers d'une de nos villes, les *Sou-
piers* de Pont-Sainte-Maxence, qui mar-
chaient précédés d'un homme portant mar-
mite et cuiller à pot. Nommons les *Brûleurs
de noir* de Charleville, les *Bragars* de Saint-
Dizier, les *Gens* de Laon, les *Messieurs* ou
les *Loups* de Bruyères, les *Malins* de Gergny,
les *Fous* de Cambron, les *Cabots* (entêtés)
d'Effry, les *Salots* de Bonneuil, les *Talons-
Brûlés* de Parfondru, les *Piémarts* de la
Ferté-Milon (2), les *Canonniers* de Saint-
Quentin, les *Singes* de Chauny, les *Anes*
de Montereau, les *Bons Camarades* de
Troyes, les *Boyaux-Rouges* de Rougeries
(Aisne) (3), les *Puceaux* de Mézières, les

(1) On appelait *rapaillée* une salade de mauvaises herbes.

(2) On peut consulter sur les archers et arquebusiers de cette région, le Dictionnaire historique du
département de l'Aisne, par Melleville (1857). —
Le *piémart* était un oiseau assez commun dans
les bois de la Ferté-Milon, et fort rare partout
ailleurs.

(3) Les habitants de la Thiérache désignaient
les Flamands, les Belges et en général tous les
gens de la région qui faisait partie des Pays-Bas

Gouailleurs d'Avize, les *Hiboux* de Meulan, les *Canards* de Chantilly (Dict. de l'Apostoile), les *Chiens* de Mantes, les *Guespins* ou les *Chiens* d'Orléans (1), les *Corbeaux* de La Fère, les *Chaous* de la Morlaye, les *Rognures de Morue* de Crécy-en-Brie (2), les *Promeneurs* de Montdidier, les *Chats* de Meaux, les *Rats* d'Arras, les *Sautriaux* de Verberie, les *Friands* de Noyon, les *Usuriers* de Pontoise, les *Dormeurs* de Compiègne, les *Buveurs* d'Auxerre, les *Cagins* de Sains (Aisne), les *Chaudronniers* de Beaumont, les *Sabots* de Saint-Aubin, les *Sonneurs* de Camelin, les *Eraines* (3) de la Neuville-Housset, les *Allumelles* (4) sèches de Housset (Aisne), etc., etc. Sur le guidon de leur

Espagnols par ce nom de Boyaux-Rouges, souvenir de la ceinture rouge que portaient les soldats espagnols et que Condé lui-même dût revêtir le jour où il se rangea sous leur drapeau. Il est assez étonnant de voir cette épithète injurieuse appliquée à un village de la Thiérache elle-même. (Cfr. Barot : *Essai hist. sur Sains, Compiègne,* 1882. In-8, p. 78).

(1) Voir à ce sujet un intéressant dossier cité dans *Cabinet historique,* 1879, p. 79.

(2) *Hist. de Crécy-en-Brie,* par le doct. Ch. Robillard, 1852, p. 70.

(3) Eraine = aranea, araignée, d'où *gobe-mouches.*

(4) Allumelle = mauvais outil, d'où le proverbe : Changer son couteau en allumelle.

compagnie, les *Bayeurs* ou *Bailleurs* de
Soissons avaient représenté un flâneur ouvrant de grands yeux étonnés, et Carlier rapporte, dans son *Histoire du Valois,* qu'ils
faisaient marcher devant eux un homme
dressé à contrefaire le bailleur, c'est-à-dire
l'attitude d'un désœuvré. De même, la compagnie de Neuilly-Saint-Front était précédée
d'un homme qui faisait le fou et qui semait
du sable, d'où les *Fous* de Saint-Front. Le
dicton des gens de Melun était les *Anguilles,*
et un de leurs chevaliers, mauvais poëte à
ses heures, fit à ce propos le couplet suivant,
au prix provincial de Meaux, en 1778 :

> De notre anguille,
> Ne faites pas tant de mépris ;
> L'amour qui sans tâter pétille,
> Nous dira lui-même le prix
> De notre anguille.

D'autres compagnies avaient aussi leur
couplets. Ainsi les *Coqs* de Dormans chan
taient :

> Servons Bacchus, servons l'amour,
> Servons aussi, mais tour à tour,
> Dans ce beau jour de fête,
> Aussi vigilant que le Coq,
> A qui bientôt la poule est hoc,
> En faisant sa
> En faisant sa
> En faisant sa conquête.

Le couplet des Parisiens, que l'on appelait

indifféremment les *Bavards* ou les *Badauds* (1)
de Paris, n'était guères meilleur ni plus modeste :

> Croyez-vous que le badaudage
> Dont il vous plait nous honorer,
> Eteigne jamais le courage
> Que nous nous piquons de montrer?
> La valeur seule est notre égide :
> Dès que la gloire nous attend
>   Rli rlan!
> Nous marchons d'un pas intrépide,
>   Ran tan plan!
>   Tambour battant!

Je pourrais citer un plus grand nombre
d'exemples; et je demande pardon au lecteur qui, conformément au précepte de Boileau « veut être respecté », de donner encore deux surnoms qui prouvent que nos
pères avaient bon caractère, et qu'il fallait
que cet usage fut bien entré dans les mœurs
pour que de pareilles appellations n'amenas-
sent pas de rixes et même de sérieuses ba-
tailles dans les grandes fêtes annuelles qui
réunissaient des centaines d'archers ou d'arquebusiers. Je veux parler des *Cochons* de

(1) « Le 17ᵉ may (1589), fut la bataille de
Senlis par M. de Longueville, de la Noue et
aultres, contre MM. d'Aumalle, Balagny, Villars
et aultres ligueurs qui furent deffaicts avec les
badaux de Paris, et tout le canon pris et la ville
de Senlis secourue ». Journal du secrétaire de
Philippe du Bec, p. 240).

Crépy-en-Valois, qui tiraient ce nom de la grande foire de la Saint-Arnould où dominait cet intéressant quadrupède(1); la compagnie de Crépy faisait porter devant elle dans les cérémonies un porc dans une cage, et une des portes de la jolie capitale du Valois a conservé jusqu'à nos jours la désignation de : Porte aux Pourceaux. Tout cela peut encore se dire ; mais je suis obligé de prendre des pincettes pour écrire le sobriquet des *Foireux* de Magny-en-Vexin ou celui des *Ch...rs* de Beauvais..... Quant aux *P......* de Guignes ou aux *J.... F.....* de Villenauxe, je renonce à les désigner autrement (2).

(1) Carlier : *Hist. du Valois*, II, pp. 168-169.

(2) Voir pour tous ces dictons : *Recueil de pièces concernant le prix général de l'Arquebuse royale de France rendu par la Compagnie de la ville de Saint-Quentin*, le 5 septembre 1774 et jours suivants; A. Janvier : *Notice sur la Corporation d'archers et d'arbalétriers d'Amiens* (1851); E. Coët : *Notice sur les archers*, etc. *de Roye* (1865); *Relation de ce qui s'est passé au prix général de l'Arquebuse, rendu à Compiègne*, le 4 sept. 1729 (Soissons et réimprimé à Beauvais (Pineau); Recueil des Chartes, créations et confirmations des colonels, etc., archers, etc., de la ville de Paris, par Hay, colonel des gardes (Paris, Desprez, 1770. 1 vol. gr. in-8); Fr. Biscuit : *Essai historique sur l'arquebuse de Soissons* (1874); Ed. de Barthélemy : *Hist. des Archers et Arquebusiers de la ville de Reims* (1873); Pelletier : *l'Almanach des Compagnies d'arc,*

Plusieurs surnoms provenaient de dictons qui couraient sur le compte des habitants de la localité qu'ils servaient à désigner. Ainsi l'on disait : « A Verneuil, les borgnes n'ont qu'un œil », d'où le surnom : les *Borgnes* de Verneuil. J'avoue ne rien comprendre au sel de ce dicton qui me paraît une simple La Palissade. Les gens de Gouvieux étaient renommés, semble-t-il, pour leur robuste appétit; aussi dit-on : « Les Goulus de Gouvieux, ont la gu....... ouverte avant les yeux », d'où le surnom : les *Goulus* de Gouvieux.

Certains sobriquets avaient une origine plus illustre et prenaient leurs racines dans

arbalète et arquebuse, ou *les Muses chevalières*, pour l'année 1789 (Paris, 1789, in·12); G. Lecoq : *Hist. de la Compagnie des Canonniers-Arquebusiers* de la ville de Saint-Quentin, 1461–1790 ·1874 ; L. A. Delaunay : *Etude sur les anciennes Compagnies d'archers, d'arbalétriers et d'arquebusiers* (Paris. 1879); G. Leroy : *les Archers et Arquebusiers de Melun* (1866); Ed. Piette : *Dictons et sobriquets historiques de la Thiérache* (1872); Edouard Fleury, dans *Vermandois*, tome I, p. 552 ; Sellier : *Notice hist. sur la Compagnie des Archers et ensuite des Arquebusiers de Châlons-sur-Marne*, et sur la fête donnée par elle en 1754, in-8. 1857, etc., etc. Voir aussi dans notre Afforty, XXV, 744-758 : « Tableau des Compagnies suivant le rang qui leur est échu pour la marche par le sort avec leurs dictons au nombre de 42, au prix rendu à Saint-Quentin en 1774. »

l'histoire; ainsi en était-il des *Tondus* de Lévignen. Au commencement du XIVe siècle, les villageois de ce pays avaient, entre autres obligations serviles envers leur seigneur, celle de garder leurs cheveux longs. Or, en l'an de grâce 1313, Philippe III de Pacy, seigneur de Lévignen du chef de sa mère, Alix, dernier rejeton de la maison de Nanteuil, affranchit les vassaux de la dite seigneurie, les déclarant quittes de toute servitude, leur permettant de disposer librement de leurs biens, de se marier où bon leur semblerait sans lui payer le droit de formariage et enfin..... de se faire raser. Ce dernier privilège, dit l'historien auquel nous empruntons ce récit, fut celui qui les flatta le plus; aussi se firent-ils tous incontinent couper les cheveux en signe de délivrance, d'où le surnom de *Tondus* donné aux gens de Lévignen.

Un autre sobriquet qui a également sa source dans l'histoire locale me procurera l'occasion de rectifier l'orthographe du nom d'un village voisin de Senlis. Toutes les cartes et tous les documents modernes écrivent « Fontaine-les-Corps-Nus. » Cependant une carte du commencement de ce siècle et tous les documents anciens portent : Fontaine-les-Cornus. Ce sobriquet à double entente aura sans doute choqué, bien à tort, assurément, les gens mariés de ce village, peu flattés lorsqu'ils allaient aux réunions de l'arc ou de l'arquebuse, de s'entendre appe-

ler les *Cornus* de Fontaine. Ils préférèrent
donc passer pour des sans-culottes plutôt que
pour des... Cornus (1). Je viens les rassurer,
s'ils en ont besoin, et leur dire que Cornu
était le nom patronymique d'une famille qui
posséda longtemps la seigneurie de notre
Fontaine, et le village en prit son nom dis-
tinctif (2). Le fait résulte de vénérables parchemins des plus authentiques (3) et l'honneur des femmes de Fontaine est sauf. Mais,
de grâce, supprimons donc ces Corps-Nus qui
n'ont pas le sens commun.

Le lecteur bénévole et intelligent a vu depuis longtemps où je voulais en venir avec
ce voyage en zig-zag à la recherche des
surnoms des archers et arquebusiers appli-
qués plus tard à tous les habitants de la
même localité : les Senlisiens s'appelaient les
Besaciers de Senlis, et à leur tête marchait
dans les cérémonies un gueux porteur

---

(1) A rapprocher de ce dernier nom, le sobriquet des *C....* de Vorges (près Laon). Cfr. E.
Fleury, *loc. cit.*, p. 553.

(2) Est-ce à cette famille qu'appartenaient les
Cornu, sieurs de Tourmon, propriétaires du fief de
Bellefontaine dans le faubourg des Arènes, à
Senlis, au XVII° siècle? Voir *Com. Arch. de
Senlis,* 1880, p. 57 et passim.

(3) « Fontaine, nommé Cornus, à cause que les
seigneurs se nommaient ainsi autrefois. » Afforty, IX, p. 221. Je pourrais également citer une
pièce originale que je possède.

d'une besace avec la devise : *Florescet sartis innumerabilibus* (Il fleurira par d'innombrables raccommodages) (1). Ce gueux avait même quelquefois de l'esprit; c'est ainsi qu'en 1774, à Saint-Quentin, où les Senlisiens remportèrent le prix, M. de la Ménardière, qui les conduisait, chanta sur l'air : « Aussitôt que la lumière... », le couplet suivant :

C'est à tort qu'on nous reproche
Le titre de besacier ;
S'embarquer, biscuit en poche,
Prévoir tout est d'un guerrier.
Messieurs, sur cette sentence,
Tenez-vous pour avertis :
Besace, par prévoyance,
Pourrait remporter le prix (2).

Quoi qu'il en soit, je ne me livrerai pas ici à de copieuses et savantes recherches sur l'origine du sobriquet des Senlisiens ; je ne connais pas cette origine, et d'ailleurs « elle ne fait rien à l'affaire ». Besacier tout comme vous, ami lecteur, j'aime mieux vous dire simplement que, bourrant depuis vingt ans ma besace de notes et de souvenirs du

(1) Les Senlisiens s'appelaient aussi quelquefois *li Varlet* (jeunes gens) de Senlis (Proverbes aux Villains. ms. 7218 de la Bibl. Nat.), ou les *Chétifs* (infortunés) de Senlis (ms. 1830 de la Bibl. Nat.).

(2) Broisse : *Rech. hist. sur la ville de Senlis* (1835), p. 127.

temps passé de notre pays, je vais essayer d'en tirer... ce que je pourrai. Heureux si je parviens à y trouver à chaque causerie quelque chose d'intéressant, et si je sais rester également éloigné de la sécheresse qui fait bailler et de la futilité qui fait perdre le temps. « Sur cette sentence », et sans transition, je passe à un autre sujet.

I

A propos de quelques erreurs ou fantaisies scientifiques.

I. Cambry, Paulin Paris, etc. : Un trouvère faussement attribué à Brasseuse. — II. Digression sur la douane parisienne prolongée jusque par delà Senlis. — III. Nicolas de Senlis ou de Saint-Lys, chroniqueur inédit du XIIIe siècle. — IV. M. Labourt et son système étymologique.— V. Etymologie ridicule de Senlis : Le cerf de César et de Charles VI. — VI. Pépin le Bref et le petit Bégonnet dans la forêt de Senlis. — VII. Waleran de Sains, bailli de Senlis. — VIII. La maison de Sains.

Au risque de passer pour un écrivain peu habile, ou — ce qui serait pis encore — pour une mauvaise langue, je voudrais, au début de ces causeries, signaler quelques erreurs rencontrées çà et là, et, par la même occasion, montrer combien, en matière d'érudition, il est facile de se tromper quand on se laisse uniquement guider par d'ingénieux rapprochements, sans contrôler tous ses renseignements et sans éclairer suffisamment ses recherches à la lumière d'une sévère critique. Archéologues, mes frères, pardonnez-moi mes indiscrétions et laissez-moi dévoiler quelques-unes de nos erreurs : Faute avouée n'est-elle pas déjà à moitié pardonnée? Je vais d'ailleurs donner le premier l'exemple, en commençant par me confesser moi-même, et je veux faire notre premier *meâ culpâ* sur ma propre poitrine — tout en plaidant les circonstances atténuantes.

I. Un jour donc, parcourant la *Description du département de l'Oise,* de Cambry, ouvrage d'ailleurs si recommandable, j'avais remarqué (tome II, p. 253) le passage suivant : « Hues, de Braieselve près Oignon, « fut un ménestrel fort estimé par l'auteur « du roman de Guillaume de Dôle, qui dit « de lui :

« De Braieselve vers Oignon
« I vint Hues à cele cort ;
• L'emperers le tint molt cort,
• Que li apreist une danse
« Que firent pucelles de France
• A l'ormel devant Trimilli. •

En dehors de l'intérêt tout spécial qu'avait pour moi cette indication, on avouera que tout se réunissait pour me persuader que Hues de Braieselve nous appartenait.

Le nom de Cambry, d'abord, bien que son livre ne soit pas exempt d'erreurs et que, pour ne pas quitter les localités qui nous occupent, il ait écrit (tome II, p. 50) : « Ognon fut habité par madame de Sévigné », ayant confondu Chevigné (1) avec le nom de la grande épistolaire qui n'a probablement jamais mis les pieds dans ce pays. Mais enfin Cambry n'en est pas moins un auteur sérieux, et nous ne sommes pas ici en présence d'un renseignement verbal, d'un nom mal entendu, mais d'un texte, et d'un texte précis.

« De Braieselve vers Oignon ». Qu'est-ce d'abord que Braieselve ? Mais Brasseuse, parbleu ! Ouvrez M. Graves *(Canton de Pont-Sainte-Maxence*, p. 49), un éplucheur, celui-là ! Parmi les formes anciennes du nom de Brasseuse, il donne précisément « Bratselve, Braseulve (Braïsilva) ». Et qu'on ne m'oppose pas la prétendue bizarrerie du mot *silva* devenant *seuse* en composition. Je citerais de suite Barisseuse *(Can-*

_____

(1) Mademoiselle Titon, dernière descendante directe des Titon qui ont possédé la terre d'Ognon depuis la seconde moitié du XVIIe siècle jusqu'au commencement du XIXe, avait épousé le comte de Chevigné, brigadier des armées du Roi.

ton de Creil, p. 290), dont le nom latin est précisément Barisilva, probablement à l'origine Braysilva, par transposition (1).

Quant à Oignon, pas de doute. Et comment supposer qu'un nom aussi singulier, pour ne pas dire aussi ridicule, puisse se retrouver ailleurs ? Mais ce n'est pas tout : « A l'Ormel devant Trimilli ». Est-il permis de ne pas reconnaître là notre Trumilly, village du canton de Crépy, situé à quelques kilomètres seulement d'Ognon et de Brasseuse, et pour lequel nous trouvons précisément cette forme de nom dans M. Graves *(Canton de Crépy*, p. 170) : « Trimilly, à côté de Tremilly (Tremilliivilla en 1068, Tremiliacum en 1182, Tremelliacum en 1308) », etc. ?

Est-il possible de trouver plus de preuves réunies venant à l'appui d'un petit problème archéologique ? Non certes !

D'autant mieux que le savant M. Paulin Paris (2) est, à peu de chose près, de l'avis de Cambry. En effet, après avoir cité le fragment de chanson rapporté par Guillaume de Dôle, il continue ainsi : « C'est peut-être ici la mention la plus ancienne des « jeux sous l'ormel » dont on a souvent parlé. Braieselve, aujourd'hui Bray sur-Aunette, est à

---

(1) Un Pierre de Braiselve à Senlis en 1325. *Com. Arch.* 1879, p. 278.

(2) *Hist. litt. de la France*, par les Bénédictins, continuée par les Membres de l'Institut. Tome XXIII⁰, p. 618, Paris (Didot), M.DCCC.LVI.

une demi-lieue du village d'Ognon, et à une lieue au N.-E. de la ville de Senlis. A deux lieues de Senlis, dans la même direction, est le village de Trumilli, que la carte de Cassini nous représente encore entouré de deux bouquets d'arbres. Si ces arbres sont des ormes, il faut les conserver. Enfin, Oisseri, sur la route de Senlis à Meaux, est à quatre lieues environ de Trumilli ».

Je préférerais Brasseuse à Bray, au point de vue étymologique, pour les motifs exposés plus haut, mais l'opinion de M. Paulin Paris, quand je la connus, confirma absolument ma créance à notre *compatriote*, Hue de Braieselve.

Aussi, je partis de mon pied léger à la recherche de ses œuvres, s'il en existait, et je rêvai bien longtemps de retrouver dans quelque manuscrit poudreux les vers inédits de ce trouvère et de les publier en un bel in-8°, imprimé en caractères antiques. Hélas ! Je fouillai sans résultat la Bibliothèque Nationale et tous les catalogues de manuscrits que je pus me procurer, et je fus obligé de renoncer à mes recherches et d'attendre d'un hasard heureux des nouvelles de Hues de Braieselve que j'appelais déjà frauduleusement *in petto* : Hues de Brasseuse.

Le hasard arriva et en me renseignant sur l'objet de mes préoccupations, m'enleva en même temps toutes mes illusions.

Un beau matin je reçus un catalogue de livres sur la Franche-Comté. D'ordinaire, je

n'ouvrais pas ces catalogues étrangers à mes
études favorites ; cette fois, — il y a sans
doute aussi un Dieu pour les archéologues sur de fausses pistes — cette fois, je
le parcourus tout entier et je vis tout à coup
l'annonce suivante flamboyer à mes yeux
ébahis :

« Le château de Frédéric Barberousse, à
Dôle, ou le maléfice, chronique du dou-
zième siècle, attribuée à Hües de Braye-
Selves, gai menestrel, et publiée par Léon
Dusillet. Paris, chez Edouard Legrand, li-
braire, commissionnaire-éditeur, quai des
Augustins, 59, 1843. 1 vol. in-8°, 1/2 vel.
La Vallière. Imprimé à Lons-le-Saunier. »

Je n'ai pas besoin de dire que la chronique
du « gai ménestrel » n'eut pas d'autre
acquéreur que moi. Cela ne me fut pas du
reste bien difficile, et j'eus presque honte
d'acheter aussi bon marché une satisfaction
si longtemps attendue. A peine en possession
du précieux volume, je l'ouvris et voici ce
que j'y lus (je transcris tels quels le texte et
les notes qui nous intéressent) page 2 de la
Préface :

« On attribue à maître Hües de Braye-
Selves (1), ménestrel de l'empereur Frédéric
Barberousse, la chronique du *maléfice* retrouvée au village de Jouhe, en 1793, dans
les archives d'un prieuré de bénédictins.

(1) « Braye-Selves, aujourd'hui Broie-les-
Pesmes, et peut-être même Amagétobria (?) »

D'autres croient qu'elle est du trouvère inconnu qui avait composé le roman de
Guillaume de Dôle. Ils disent que Huës de
Brayes-Selves, s'il était l'auteur de ce fa-
bliau, n'aurait jamais eu la hardiesse de se
vanter, comme il le fait, dans le premier
chapitre de cet ouvrage. C'est bien mal
connaître un poëte. Voyez les louanges dont
Horace, Ovide et tant d'autres se parfument.
On peut d'ailleurs excuser maître Hües, car
il était un célèbre ménestreux qui excellait,
dit Lacroix du Maine, à jouer des instruments. Il avait établi des *Gieux* ou Combats de Gentillesse à Trémilli (1), sous *l'ormel*, et présidé aux fêtes que donna Frédéric
Barberousse, à Dôle, quand il eût épousé
madame Béatrix de Bourgogne.

« Fauchet, dans son *Traité de la langue
et poësie françaises*, cite des vers de l'auteur
de Guillaume de Dôle, en l'honneur de Hües
de Braye-Selves :

   « De Braie-Selves vers Oignon,
   « I vint Hües à cele cort ;
   « L'Empereur le tint molt cort,
   « Que li apreist une dance,
   « Que firent pucelles de France,
   « A l'ormel, devant Tremilli,
   « Où l'on a meint bon plet basti.
   « C'est vers de belle Marguerite
   « Qui si bel se paie et aquite
   « De la chansonnette novelle,

(1) « Aujourd'hui le Trembloi, près de la ville
de Gray ».

« Celle d'Oisseri
« Ne met en oubli.
« Que n'aille au cimbel,
« Tant a bien en li,
« Que moult embeli
« Le gieu souz l'ormel. »

« Traduction libre : Hües vint de Braye-
« Selves, près de l'Ognon, à cette cour (celle
« de Frédéric). L'Empereur le reçut avec
« courtoisie et apprit de lui une danse que
« des pucelles de France avaient déjà exé-
« cutée sous l'ormeau de Trémilli, célèbre
« par ses plaids d'amour. C'est là qu'est la
« belle Marguerite, qui paie d'un prix si
« doux les chansonnettes nouvelles d'Ois-
« serie (1).

(1) « Cette belle Marguerite devait être Marguerite *de Blois,* dont parle Duchesne dans les
Histoires des rois, comtes et ducs de Bourgogne,
p. 536, fille de Thiébaud-le-Bon, comte de Blois
et de Chartres, grand sénéchal de France, et
d'Alix, fille puînée de Louis-le-Jeune. Elle avait
épousé Hugues *d'Oisi,* seigneur de Mont-Mirel
(Mont-Mirey, château dont les ruines dominent
la plaine qu'arrosent la Saône et l'Ognon). Il est
probable que dans sa jeunesse on appelait le sire
d'Oisi, Hugues *d'Oisseri* (?) par mignardise (??) ;
qu'il faisait alors des chansons et qu'il obtint le
prix *aux gieux* sous *l'ormel.* Ce fut le même prix
sans doute dont maître Alain fut *guerdonné*
depuis par la *Royne* Eléonore. Le sire d'Oisi ou
d'Oisseri mourut jeune et l'on peut présumer que
Mainfroi de Mont-Mirey lui succéda ».

« Qu'il (d'Oisseri) n'aille donc point au
« tournoi, lui qui a tant de ressources dans
« l'esprit et qui a si bien embelli les jeux
« sous l'ormeau ».

Sans discuter les appréciations étymologiques et littéraires de M. Léon Dusillet,
pas plus que sa traduction, une chose est
bien certaine, c'est que l'Ognon, *fleuve* dont
il est ici question, n'a rien à faire avec le
village d'Ognon qui nous intéresse.

C'était donc bien fini! Et cette lecture ter-
minée, Brasseuse perdait son poëte!

Qu'ajouterai-je? Le même jour — il m'en
souvient bien — la *Biographie Michaud* me
tomba sous la main. Machinalement et
comme un homme blessé qui aime à porter
la main à sa blessure, je cherchai à la lettre
H, me moquant de moi-même et me disant
que très certainement ce docte recueil ne
s'occupait pas d'un poëtereau ignoré et sans
œuvres. Quelle ne fut pas ma surprise quand
je vis que je me trompais encore et que, par
la plume de M. Weiss, ladite biographie me
disait que : « Huës de Braiës-Selves (1),
ancien poëte français, était né dans le comté
de Bourgogne au XI° siècle. L'auteur

(1) « Huës est un diminutif de Hugues ; Braie-
Selves, aujourd'hui Broie-les-Pesmes, est un
village à peu de distance de Dôle, au confluent de
l'Oignon et de la Saône. Huës est le seul trouvère
comtois dont fassent mention les anciens biographes...... »

anonyme du roman de Guillaume de Dôle
dit que Huës assista aux fêtes que l'empereur
Frédéric I⁺ donna dans cette ville et qu'il
enseigna à ce prince une danse... (Suivent
les vers déjà cités). Fauchet a fait mention
de ce poëte dans son *Recueil de l'origine de
la langue et poésie françaises*, Duverdier
s'est contenté de copier Fauchet ; mais
Lacroix du Maine ajoute que Huës savait
excellemment jouer des instruments de musique et qu'il a écrit plusieurs chansons
amoureuses (1) ».

Pour le coup, c'en était trop, et je jurai
bien qu'on ne me reprendrait plus à courir
après les trouvères en rupture d'étymologie.

Et quand je songe que si j'avais trouvé des
vers de Huës de Braies-Selves, je les aurais
publié comme l'œuvre d'un poëte originaire
de Brasseuse. Avouez pourtant, ami lecteur,
que j'aurais bien pu, après Cambry, et surtout après M. Paulin Paris, plaider les circonstances atténuantes : Brasseuse, Ognon,
Trumilly.

II. Si l'ormel de Trumilly ne peut revendiquer l'honneur d'avoir abrité les gentilles
cours d'amour de Huës de Braies-Selves,
l'Ormelet d'Ognon peut se montrer fier
d'une autre circonstance d'un caractère plus

(1) *Biog. Michaud.* T. XX, 1858.

grave, et je ne veux pas quitter cette localité
sans en dire ici quelques mots.

On se plaint beaucoup aujourd'hui des
octrois et l'on a raison ; c'est un impôt pro-
gressif à rebours et par conséquent le plus
mauvais des impôts... qui le sont tous. Je
crois cependant qu'on le gardera longtemps,
car dans l'état actuel des budgets d'Etat
comme des budgets de villes, ce n'est pas
tout de supprimer un impôt, il faut... le
remplacer, et le moins lourd est toujours
celui qu'on a l'habitude de payer.

Quoiqu'il en soit, nous sommes en progrès
sur ce point, comme sur tous les autres,
malgré bien des apparences contraires, et je
puis en fournir une preuve irréfutable, en
ouvrant les « Règlements sur les Arts-et-
Métiers de Paris, rédigés au XIIIᵉ siècle et
connus sous le nom de Livre des Métiers
d'Etienne Boileau (1). A cette époque, nous
dit dans sa savante introduction (pp. XXIV,
XXV) l'éditeur de ce livre, M. G. B. Depping, la banlieue de Paris dépassait de
beaucoup les limites proprement dites de la
ville ; « .... le pouvoir du prévôt de Paris,
qui siégeait au Chatelet, et y rendoit la justice au nom du Roi, n'étoit pas confiné dans
l'enceinte telle que l'avoit tracée le mur
construit par Philippe-Auguste : il comman-
doit sur un territoire environnant Paris

(1) Publié en 1837 dans la *Collection des documents inédits*, chez Crapelet, in-4.

jusqu'à la distance de 6 à 8 lieues : c'étoit là la banlieue judiciaire de Paris, la terre dont il étoit le chef-lieu et le centre d'action. Dans cet espace, la Seine, qui le traverse, étoit considérée presque comme la propriété des marchands de Paris, qui en exploitaient la navigation.

« Ils avoient donc arrêté en principe que tout bateau chargé de denrées ou de marchandises qui remontoit la Seine devoit s'arrêter au pont de Mantes. Il ne pouvoit avancer ni être déchargé, si celui qui l'avoit expédié n'étoit pas bourgeois hansé de Paris, c'est-à-dire si, outre le droit de bourgeoisie, il n'avoit encore l'avantage d'être de la hanse ou du corps des marchands de l'eau. S'il étoit bourgeois d'un autre lieu, et établi, par conséquent, ailleurs qu'à Paris, il fallait qu'à son arrivée aux limites du ressort de la marchandise de l'eau, il déclarât son intention de vendre les denrées ou marchandises qu'il apportoit, et alors le prévôt des marchands et les échevins lui désignoient un marchand de Paris pour être son *compagnon*. C'est à ce compagnon imposé par le prévôt que le marchand du dehors étoit obligé de déclarer le prix réel de sa cargaison, et, à ce prix, le compagnon parisien avoit le droit d'en prendre la moitié ; ou, s'il aimoit mieux laisser vendre le tout, il partageait le bénéfice avec le propriétaire. Il avoit ainsi la moitié des avantages de l'entreprise sans courir le moindre risque.

« Si le marchand de la Basse-Seine osoit passer outre.... on saisissoit la cargaison de son bateau, et le prévôt des marchands, séant avec les échevins au Parloir-aux-Bourgeois auprès du Chatelet, ne manquoit jamais de la déclarer *forfaite,* c'est-à-dire confisquée au profit du Roi et de la marchandise de l'eau (1) ».

Ce monopole exorbitant s'étendit plus tard à la Haute-Seine — ainsi qu'à la Marne (2), dont le confluent était dans la banlieue de Paris et qui se trouvait ainsi complètement fermée à la navigation — et malgré l'opposition des villes voisines, telles que Rouen et Auxerre qui, armées de privilèges analogues, trouvaient cependant excessifs ceux de la hanse parisienne, — celle-ci se maintint en possession jusqu'à la fin du XVII° siècle. On sait, du reste, que l'Ile-de-France « n'était pas une province nettement délimitée, mais une circonscription administrative qui a souvent varié (3) ».

(1) Avec le roi, d'autres profitaient des privilèges de la marchandise de l'eau. Nous voyons, en effet, dans le même volume (page 202) que la communauté devait chaque année aux moines de Châlis, 4 livres à la Chandeleur, 4 à l'Ascension et 4 à la Toussaint.

(2) Cfr. pour la Loire : Mantellier : Hist. de la communauté des marchands fréquentant la rivière de la Loire. Orléans, 1864, 2 vol. in-8.

(3) Robert de Lasteyrie, *Bullet. de la Société*

Aussi, profitant de cette circonstance, la ville de Paris poussait-elle ses exigences douanières encore plus loin ; et à côté de cet octroi d'eau, elle jouissait encore d'un privilège qu'elle possédait, du reste, au même titre que tous les autres souverains féodaux. Je veux parler du droit de *conduit* qui consistait dans une taxe imposée par le seigneur de la terre aux denrées que les habitants transportaient au delà des limites de cette terre. Ce droit est-il, comme on l'a cru, un souvenir du *quarantième* qui parait remonter, au moins dans nos provinces méridionales, à la domination romaine, ou n'est-il qu'un simple abus de la force féodale (1)? Toujours est-il qu'il établissait une véritable douane intérieure n'empêchant pas les marchandises d'entrer dans les limites de la seigneurie, mais leur interdisant d'en sortir sans payer la taxe. Le droit de *conduit* pou-

pour l'Histoire de Paris et de l'Ile-de-France, 1874, p. 37.

(1) Cfr. Ch. Revillout : Mémoire sur le quarantième des Gaules, dans le tome V des *Mém. de la Soc. Archéol. de Montpellier,* pp. 331 356, et C. Charvet : Les voies vicinales gallo-romaines, chez les Volkes-Arécomiques, dans *Soc. scient. et litt. d'Alais* (1873), p. 109. — Voir aussi à ce sujet : G. Leroy : De quelques droits du roi de France et du vicomte de Melun, dans *Bull. de la Soc. d'Archéol. du départ. de Seine-et-Marne,* 1869-72, tome VI. Meaux (1873), pp. 137-148.

vait n'être qu'un minime inconvénient quand
il n'appartenait qu'à une petite terre féodale
ou à une ville de médiocre importance.
Mais s'appliquant à la banlieue de Paris, il
devait être affreusement vexatoire (1). En
effet, voici ce que nous lisons dans le *Livre
des Métiers d'Etienne Boileau*, au Titre VIII,
intitulé : « Del conduit de touz avoirs, quel
conduit doivent à Paris (2) ».

« A ce que avoirs passé (pour avoir passé)
les bones (3) de Paris convient-il que il
passe Monleheri, ou le pont de Génisi (4),

(1) Bien que le droit de *conduit* ou sortie ne
doive pas être absolument confondu avec celui de
travers ou passage, je ne puis m'empêcher de
rappeler ici, comme exemple local des inconvé-
nients que les péages féodaux avaient pour le commerce, le grand procès qui eut lieu au XIIIᵉ siècle
entre la ville de Senlis et les Prieur, Religieux et
Habitants de Saint-Leu-d'Esserent au sujet du
« travers » de Senlis qu'ils prétendaient ne point
devoir. Cfr. Am. Margry, dans *Comité Archéol.
de Senlis*, 1878, pp. 220 et suivantes.

(2) Page 307.

(3) *Bones* pour *bornes*. N'y a-t-il pas dans cette
orthographe du XIIIᵉ siècle un curieux rapprochement à faire avec la prononciation encore
usitée de l'*R* glottal anglais?

(4) Ce pont de Genisi (Genisi pour Juvisy) ne
serait-il pas le *Pons Urbiensis* (Pont de l'Orge)
dont on a cherché et dont on cherche encore
l'emplacement? Cfr. Aug. Longnon, *Bull. de la
Soc. pour l'Hist. de Paris et de l'Ile-de-France*,
1875, pp. 79-81.

ou Marne au pont de Charenton, ou à Leigny (Lagny), ou le pont de Gournai, ou le pont et les eaux de Miaus, ou Acy-en-Meucien (Acy-en-Mulcien), ou l'Orme de Ognon de là Senliz, ou le pont de Biaumont, ou celi de Pontaise, ou le pont de Poissi. »

Ainsi donc, la banlieue de Paris s'étendait de notre côté jusqu'à douze lieues du parvis Notre-Dame, à l'Orme d'Ognon « qui était sans doute, dit en note M. Depping, remarquable par sa grosseur extraordinaire », et les braves habitants de Chamant, par exemple, quand ils avaient envie de mener vendre leur blé ou leurs légumes à Brasseuse ou à Rulli, étaient forcés de payer l'amende à MM. du Parloir-aux-Bourgeois Je ne sais à quelle époque tomba devant l'indignation publique ce droit exorbitant, mais il est permis de supposer que la persistance du lieu dit encore existant « l'Ormelet » d'Ognon est düe à sa perception. Il ne reste plus aucune trace des constructions qui devaient très certainement s'élever alors en cet endroit aujourd'hui (1) complètement

---

(1) Au-dessus de « l'Ormelet », au lieu dit « derrière les murs du parc », existait à une époque reculée une villa ou une métairie dont je recommande la fouille aux archéologues. Quelques coups de pioche y ont amené la découverte d'une chambre carrée remplie de débris gallo-romains, parmi lesquels plusieurs médailles de ce temps et une fibule plus moderne. Au milieu des nombreux fragments de tuiles à rebords rencontrés en cet endroit s'en trouvait un portant le nom du potier

isolé (1), et où devait exister à cette époque.

IVNI. On a ramassé souvent aussi, à fleur de
terre, sur le même emplacement, des silex taillés
et polis, haches, couteaux, etc. Sur les déclivités
de la Vallée-aux-Prêtres, du côté Ouest, on rencontre encore des tombeaux en forme d'auges, et,
d'après la tradition locale, une grande ville appelée Balagne (pour Balagny, sans doute) s'étendait jusque là et plus loin dans la plaine vers
Brasseuse. Il y a certainement là à faire de
curieuses recherches que je recommande aux
amateurs de nos antiquités locales.

(1) Il est évident qu'un vieux chemin passait
autrefois à l'Ormelet, suivant la Vallée-aux Prêtres
et se dirigeant en droite ligne vers Brasseuse ; la
charrue rencontre encore souvent des débris de la
chaussée. Ce chemin suivait la vraie direction et la
moins accidentée pour la traversée du vallon de
l'Aunette que l'on passait, soit sur la chaussée du
moulin d'Ognon, soit au pont de la voie romaine,
au Thiéry. La Vallée-aux-Prêtres a-t-elle gardé
dans sa dénomination la trace d'un ancien établissement ecclésiastique? Cela est probable. Dans
tous les cas, je n'ai jamais rien rencontré qui pût
m'éclairer à ce sujet. Je trouve seulement dans
mes notes l'indication d'un vieux souvenir qui
date de l'époque où j'étais sur les bancs de l'Ecole
des Chartes. Parmi les fac-simile de pièces que
l'on nous faisait lire et expliquer, j'en remarquai
un (nᵒ 8) où, dans une donation faite à l'Evêché
de Noyon en 1260 par Mahieux, seigneur de
Beauvoir, il était question du « Manoir de le Val-
le-Prestre » et d'un autre morceau de terre « à
doigne selve ». Y aurait-il là l'interversion fré-

quelque signe extérieur du droit de péage (1),
mais un vieil orme, arrière-petit-fils de celui
qui abritait au XIIIe siècle le *gabelou* parisien, élance toujours vers les nuages son
front branchu, et regarde à l'autre extré-
mité de la commune « le merisier » qui
marque l'emplacement de l'ancien gibet
seigneurial d'Ognon. N'est-il pas intéressant
de constater partout dans notre pays de Valois la persistance de cette vieille habitude
de laisser ainsi de loin en loin et principale-
ment aux limites des communes — l'Ormelet

quente au moyen-âge, et devrait-on lire, en réta-
blissant l'apostrophe, toujours absente à cette
époque, « à la Selve d'Oigne » (à la forêt d'Ognon),
de sorte que nous aurions ici la seule trace qui
existe, à ma connaissance, du moins, dans les
temps anciens, de la Vallée aux Prêtres d'Ognon?
Je n'en sais rien ; mais il ne faut pas oublier que
la charte *picarde* que nous citons ici a été écrite
à Noyon. En tout cas, je livre cette appréciation
pour ce qu'elle vaut, me contentant d'ajouter que
je n'ai trouvé dans aucun dictionnaire topogra-
phique aucun lieu dit : le Val au Prêtre ou la
Vallée aux Prêtres. D'autres seront peut-être
plus heureux et démoliront ainsi le petit échafau-
dage de vraisemblance élevé dans la présente
note.

(1) Un procès-verbal de 1510, fait à Villemétrie,
nous montre qu'en cette localité le lieu de péage
était marqué par une « boeste ou billot que l'on
pendait ou élevait ». Cfr. Müller, dans *Com. arch.
de Senlis*, 1879, p. 440.

d'Ognon est dans ce cas (1) — des arbres isolés, respectés des cultivateurs en dépit de leur ombre et de leurs racines, muets témoins des forêts disparues ou souvenirs vivants de coutumes mortes ou de choses oubliées (2).

III. Je reviens — après cette trop longue digression — aux erreurs que peut faire

(1) La paroisse d'Ognon est la dernière du comté de Senlis et le Valois proprement dit commençait avec celle de Brasseuse. L' « Ormelet d'Ognon » était donc à la frontière de cette dernière province.

(2) Ces arbres isolés se rencontrent partout dans le Valois et le Vermandois; sans sortir de notre département, nous pouvons citer l'arbre de Malvoisine et celui de Bitry, l'orme de Touvent, l'épine de Chennevières et celle des Loges, l'arbre des Loges et ceux de Blérancourt, de Puisalène et de Say, le chêne Herbelot, l'épine et le sui (sureau) de Pierrefonds, l'épine de Vassens, l'orme du Tillolet, le Tilleul-Roland à Tracy, l'ormeau de Chàlis, à Senlis, au-dessus de la Biguë, peutêtre l'orme de Saint-Maurice, dans la même ville, encore si respecté en 1720, qu'il était défendu de l'abattre, à peine de 500 livres d'amende (*Com. Archéol. de Senlis*, 1878, p. 158), etc., etc. — Citons encore un lieu dit l'Orme Sec (*ad Ulmum siccam*), « in strata publica que ducit Silvanectum. » (Charte de sept. 1233, dans *Cartulaire de N.-D. de Paris*, publ. par Guérard, t. II, p. 476).

commettre une similitude de nom, et c'est encore dans l'*Histoire littéraire de la France* (1) que j'en trouve un autre exemple qui nous intéresse. Voici, en effet, ce que nous lisons à la page 741 du tome XXIe :

« ... Nous n'avons pas encore parlé d'un autre essai d'histoire générale, rédigé, suivant toutes les apparences, au commencement du XIIIe siècle (vers 1210) en langue vulgaire, mais dans un dialecte qui, sans être précisément du Nord ou du Midi, tient peut-être également du provençal et du picard. Cette chronique est inédite, et paraît avoir échappé, lorsqu'il était encore temps de l'employer, à l'attention si vigilante de Dom Bouquet. Elle forme la première partie d'un manuscrit petit in-4° de l'ancienne bibliothèque de Colbert, aujourd'hui réunie à celle du roi (2). La chronique de Turpin complète le volume. A la fin de ce deuxième ouvrage, écrit de la même main que le premier, on lit : « Ci es fenia l'estoira. Des dont « au conta de Saint Po via, qui la fit metra « de latin en romanz sens rima por mieuz « entendra ;... Et à Nicholas de Saint lis, « cui grant henor dont Ihesu Crist. « Amen. » (3). Nicolas de Senlis est donc

---

(1) Tome XXIe. Paris, Didot, 1847. In-4°.

(2) Anc. fonds, n. 10307 ⁵; Colbert : n. 4764.

(3) « Ici est finie l'histoire. Dieu donne vie au comte de St-Pol, qui la fit mettre de latin en

ou le scribe ou le traducteur des deux ouvrages. Nous ne devons parler ici que du
premier, dont nous avons eu déjà l'occasion
de citer, dans le volume précédent (1) un
passage relatif à la légende de *Berte aus
grans piés.* »

Comme on le voit, l'auteur de cet article,
le savant et regretté M. Paulin Paris, ne dit
pas que le scribe ou le traducteur de cette
histoire est de Senlis (2), mais il transcrit
son nom « de Senlis ».

L'auteur des « Hommes illustres du département de l'Oise », M. Ch. Brainne, est
moins prudent, et n'hésite pas à attribuer
à notre ville Nicolas de Senlis (3). Quant à
moi, je suis convaincu, au contraire, —
bien qu'il en coûte à mon amour-propre de
clocher — que cet écrivain appartenait par
sa naissance au midi de la France et probablement au village de Saint-Lys (4), situé
dans le département de la Haute-Garonne,

---

roman, sans rime pour mieux l'entendre,... Et à
Nicolas de Saint Lis, à qui grand honneur donne
Jésus-Christ. Amen. »

(1) *Hist. litt. de la France,* tome XX, p. 702.

(2) Il croit, au contraire, qu'il appartenait au
Poitou, à l'Aunis ou à la Saintonge. *(Loc. cit.)*
p. 743.

(3) Tome II, p. 444.

(4) Remarquez qu'il écrit lui-même son nom :
« Saint-Lis. »

et que sa résidence probable dans le centre de la France (1) mélangea nécessairement son dialecte méridional de beaucoup de formes poitevines. Cette conviction est basée sur l'étude très consciencieuse que j'ai faite de son manuscrit que j'ai copié il y a déjà bien des années, persuadé qu'il appartenait à notre région et dont je prépare en ce moment (2) la publication avec une préface et des commentaires auxquels je renvoie le lecteur, s'il est curieux de savoir par le menu comment, en dépit de l'analogie du nom, j'ai été amené à renoncer pour notre chère petite cité à l'honneur d'être la patrie d'un des premiers auteurs qui aient écrit en *roman*. L'étude des textes cause parfois de désagréables surprises aux préjugés du patriotisme local le plus légitime en apparence (3)!

(1) La preuve que Nicolas de Saint-Lis résida et écrivit probablement dans le centre de la France résulte des noms de monastères et d'églises qu'il cite dans sa chronique et qui appartiennent, en grande majorité, à cette région.

(2) M. Peigné-Delacourt a publié quelques passages de cet auteur dans les *Normands dans le Noyonnais* (Noyon, 1868, in-8°); mais pourquoi en fait-il un auteur anonyme puisqu'il le cite, à ce qu'il prétend, d'après M. Paulin Paris qui le nomme Nicolas de Senlis?

(3) Voir encore sur cet auteur les *Mém. de la Soc. des Sciences physiques et naturelles de Bordeaux*, tome VII, p. XXXIV.

IV. Nous avons vu jusqu'ici quelles bévues peut faire commettre l'érudition — même celle du meilleur aloi et de la meilleure bonne foi — quand elle s'égare sur une fausse piste ; mais que dire des fantaisies soi-disant scientifiques que se permettent quelquefois des esprits très bien équilibrés d'ailleurs, quand ils se livrent sans défense à cette grande traîtresse et à cette grande charmeuse que l'on appelle : l'Etymologie ? Ils produisent souvent alors des œuvres bourrées d'érudition indigeste, et qui tout en représentant une somme de travail très remarquable, n'ont aucune valeur scientifique, et font plus d'honneur à l'imagination qu'au jugement de leurs inventeurs.

Parmi les auteurs de fatras de ce genre, je puis citer dans notre Picardie M. Labourt, homme des plus recommandables et magistrat distingué, qui a trouvé le moyen de publier un grand nombre d'ouvrages et de dissertations où l'abondance du style et des rapprochements ingénieux ne suffit pas à faire oublier l'absence complète de critique et le manque absolu de base scientifique. Je possède de M. Labourt un recueil de fiches manuscrites qui indiquent d'une manière curieuse sa façon de travailler ; tout y est livré aux hasards d'une inspiration plus littéraire que méthodique. De l'école de Bullet le celtisant et du chevalier de Paravey, — que j'eus l'occasion de rencontrer quelquefois dans ma jeunesse et qui était aussi original dans sa personne que dans ses livres, ce qui est beaucoup dire, — M. Labourt prend deux mots dans n'importe quelles langues, sous leur physionomie actuelle la plus altérée, et sans se préoccuper en aucune façon de la forme primitive de ces mots ; puis il les rapproche, et tire de ces accouplements monstrueux des conclusions non moins stupéfiantes.

Voulez-vous un exemple intéressant pour notre département ? Prenons le nom d'Ourscamps qui a souvent exercé la sagacité des archéologues.

Suivant la tradition populaire, ce nom signifierait tout simplement « le champ de l'ours, *Ursi Campus* », et un auteur du XIV[1] siècle (1) raconte en ces termes naïfs le miracle qui serait l'origine de ce nom : « Quand S. Eloy, adonc evesque de Noyon, voulust, par dévotion et par inspiration divine, édifier un oratoire ou chapelle, en laquelle venoit célébrer, il fit, par un bœuf et un varlet qui le menoit, commencer mener les pierres, lequel bœuf un ours sauvage issant (sortant) desdites forets estranglast, et à la clameur dudict varlet, faicte au dict sainct de son bœuf estranglé, le dict sainct alla au lieu où le dict ours s'estoit retrait en forest, et au nom de Dieu le conjura que, puisque son bœuf avoit étranglé, il fist son

(1) Cité par Peigné-Delacourt. *Hist. de l'abbaye d'Ourscamps*, p. 19.

office et amenast les pierres en la dicte chapelle, et tantost il entra en limons et de
faict amenast lesdittes pierres au conduit
dudict varlet, comme il appert en figure sur
ce faicte et sculptée... »

Et les armes de l'abbaye d'Ourscamps, en
souvenir de cette tradition étaient : « De
l'évêché-comté de Noyon, c'est-à-dire d'azur
semé de fleurs de lys d'or à 2 crosses
adossées de même, à l'ours passant de couleur naturelle, *aliàs* de sable, emmuselé de
gueules. »

D'autres ont vu dans ce nom d'Ourscamps
un souvenir plus ou moins altéré de
« *Ursi campus* » (champ d'un propriétaire
gallo-romain nommé Ursus), de « *Orci
campus* » (Orcus = divinité infernale), de
« *Uri campus* » (Urus = bœuf sauvage),
de « *Orgi campus* » (Orgus = un des noms
de Bacchus), de « *Auri campus* » (champ
de l'Or) (1), de « *Urbs campus* » (ville
champêtre), etc., etc.

Comme on le voit, nous n'avons que l'em-
barras du choix en ce qui concerne l'origine
de la première partie du mot : *Or* — ou
Ours — ; mais, en ce qui concerne la seconde
syllabe : — Camp, tout le monde est d'accord
pour y reconnaître le mot si simple et si
connu : *Campus*, champ.

(1) Ce nom serait à rapprocher de « Vallée
dorée », appellation sous laquelle beaucoup de
riverains désignent encore familièrement la Vallée
de l'Oise.

Il était réservé à M. Labourt de faire à ce sujet de la quintessence étymologique. D'après lui, en effet, la terminaison Camp dans Ourscamp ou Orcamp tire son origine d'êtres « mortels, monstrueux et à plusieurs bras » que les païens « appelaient Camp, Campé et Campée », et l'on retrouve également ce nom dans Cercamp, Claircamp, Obercamp, Fécamp, Brucamp, Colincamp, etc. Ainsi donc, plus de *Campus* romain ; cela est bon pour les simples comme nous qui ne cherchent pas de midi à quatorze heures. Il faut lire le travail dans lequel est consignée cette (1) étrange découverte pour avoir une idée de ce que peut produire la monomanie des étymologies baroques. Dans la crainte d'être accusé d'inventer, si je citais, je ne puis que renvoyer le lecteur curieux au texte lui-même, mais il me sera bien permis de répéter avec M. Peigné-Delacourt (2) qu'il est triste de constater ici « un nouvel exemple des aberrations auxquelles le Dictionnaire de la langue celtique de Bullet a, malheureusement, entraîné un bon nombre de personnes ».

V. Plus original encore est un certain

(1) *La Bête Canteraine*, légende picarde, ou origine commune des abbayes de Cercamps, Claircamp et Ourscamps. Amiens, s. d., gr. in-8.

(2) *Op. cit.*, p. 11.

M. J. Lapaume, docteur ès-lettres et excellent professeur de belles-lettres, auteur d'un gros ouvrage en trois volumes publié à Versailles en 1837 (1), qui, dit-on, était possédé de la même manie. M. Lapaume me permettra même, puisqu'il s'est occupé de Senlis dans son ouvrage, de fournir un exemple de plus de cette méthode extra-scientifique, ou plutôt anti-scientifique, que je combats ici; voici ce qu'il écrit, tome I, p. 352 :

« Je reviens à la fleur de lys, la perle la plus précieuse de l'écrin royal. M. Michelet affecte de ne pas comprendre pourquoi le roi Charles VI donna pour armes à l'écu de France un fond ou *champ de lys* foulé par un *cerf*, la bête fugitive et *cornue* comme il aime à l'appeler. On se souvient de la merveilleuse rencontre que le roi, chassant avec son oncle Louis d'Anjou et les seigneurs de la cour, fit d'un cerf au collier d'airain, sur lequel était gravé : *Hoc me Caesar donavit*. On n'a pas oublié d'abord que la *couronne*, du latin *cornu*, est le nom qu'en terme de chasse on donne à la ramure du cerf, laquelle ressemble assez aux rameaux croisés, soit de chêne, soit d'olivier, dont les empereurs romains ceignaient leur front. C'est pour ce double motif, pour con-

(1) *La Philologie appliquée à l'Histoire*, autrement origine et valeur des six noms Versailles et Trianon, Paris, Louvre, Tuileries et Louis Napoléon. Versailles (Dufaure), 1837, 3 vol. in-8.

sacrer la merveilleuse rencontre et associer la couronne à la fleur de lys, que Charles VI blasonna ainsi l'écu de France. Et voulez-vous savoir quel nom reçut la forêt qui servit de théâtre au miracle et à la chasse des princes : on l'appela tout simplement et tout naturellement Forêt des Princes, ὕλη-ἀνάκτων, d'où l'on fit en latin *sylva-anac-tum*, en un seul mot *silvanectum*, dont la mystique traduction française en *Forêt de Senlis*, s-en-lis, semée-en-lis (1) ».

Et maintenant, ami lecteur, si vous n'êtes pas satisfait d'avoir appris si « simplement » et si « naturellement » l'origine du nom de Senlis, qui, par parenthèse, n'en avait donc pas porté jusqu'au roi Charles VI, de pieuse mémoire, vous vous montrerez bien difficile (2).

Et remarquez que ce passage est un des plus raisonnables de ces trois volumes où l'auteur vous prouve, d'une façon aussi pé-

(1) Voir une autre étymologie ridicule citée dans *Com. arch.* de Senlis, 1879, p. 363.

(2) D'après Juvénal des Ursins, Charles VI fit attacher le bois de ce cerf merveilleux dans la grande salle du château royal de Senlis et il porta désormais en devise un cerf volant couronné d'or. Jaulnay rapporte le même fait (p. 502). Il n'est pas difficile de voir dans ce conte l'origine de toutes les enseignes « Au Grand Cerf » ou « A la Corne-de-Cerf », si fréquentes dans nos parages.

remptoire, que *Versailles* signifie *tourne-
ailes*, autrement dit *moulin-à-vent*, que
Trianon équivaut à *plusieurs ânes*, que
Paris dérive du grec πχρρησία, *franchise*,
etc., etc. Riez donc après cela avec Voltaire
de cet étymologiste extraordinaire qui faisait venir *cheval* de *equus*, en changeant *e*
en *che*, et *quus* en *val !*

VI. Pour ne pas perdre votre temps et le
mien en vous citant d'autres exemples analogues d'aberrations scientifiques — sans
sortir tout à fait des œuvres d'imagination,
je rappellerai que les forêts qui ont donné
leur nom au Servois et au « pagus silvanectensis » n'ont pas seulement servi de
théâtre à la légende du Cerf de César re-
trouvé par Charles VI ; mais les poëtes y ont
souvent transporté les scènes des vieilles
chansons de Geste. C'est ainsi que dans Garin le Loherain, poëme composé au XII°
siècle par Jean de Flagy (1), je lis qu' « un
jour Pépin étoit dans la forêt de Senlis ;
après avoir pris trois cerfs, il s'étoit endormi :
le petit Begonnet, assis à son côté, lui es-
suyoit le visage d'un bliaud de samit (tissu
de soie). Voilà qu'au moment de son réveil,

(1) *Garin Le Loherain* (Lorrain)..., mis en
nouveau langage et publié par A. Paulin Paris,
membre de l'Institut. Paris (Hetzel), s. d., 1 vol.
in-18 jésus.

un messager arrive de Gascogne, entre sous
la tente du roi, le salue et parle ainsi :
« Le Dieu de vérité vous sauve, Sire ! je
suis envoyé vers vous par ceux de Gascogne;
le preux et gentil comte Yves est mort. » Le
roi, attristé de ces nouvelles, lui accorda le
dernier regret : « Vous fûtes à la male heure,
franc chevalier, vous étiez de mes grands
amis ». — « Sire » dit Hardré « c'est la loi
commune; il faut laisser le mort à la mort,
et penser aux vivants. Donnez le fief du
comte Yves à quelqu'un dont vous con-
noissiez la fidélité. — Vous avez bien dit,
fait le roi, et regardant le jeune Bégon :
« Approchez, ami, je vous octroie le fief de
Gascogne. — Grans mercis, Sire ! » Ce disant, il tomba aux genoux du Roi, recueillit
le don et devint son homme-lige. » (P.
25-26).

Plus loin (p. 46) le même récit revient et,
celui qui raconte rappelle au roi qu'il chas-
sait « un jour devers Senlis, dans la forêt
de Montmélian (1) ». Enfin, dans ce même
poëme, le petit Bégonnet, devenu par la faveur du Roi dont il protégeait si bien le
sommeil, un haut et puissant seigneur, surpris par la nouvelle d'une « mauvaise
aventure » arrivée à un sien compagnon,
saute sur son bon cheval, pour aller à son
secours, après avoir lacé « le heaume

(1) Cfr. également *Com. arch. de Senlis*, 1879,
p. 398, 399.

gemmé fait à Senlis ». C'était bien le moins
que le sire Bégon fit travailler les artisans
de la « rue du Heaume » d'une ville près
de laquelle la fortune lui était venue, non
pas en dormant, mais en veillant, au contraire, près de son roi endormi (1).

VII. Je voudrais — pour justifier en finissant le titre de cette première causerie —
signaler à un érudit dont je respecte plus
que personne la science profonde et les
consciencieuses recherches, une petite erreur commise par lui dans un ouvrage qui
fait autorité auprès des amis de notre vieille
littérature.

Dans son « Recueil de poésies françaises
des XV⁰ et XVI⁰ siècles (2) », M. Anatole
de Montaiglon publie (3) un opuscule dont
je transcris le titre : « S'en suit le passe-
temps d'oysiveté de maistre Robert Gaguin,
docteur en décret, ministre et général de
l'ordre Saincte Trinité et Rédemption des
Captifz, pour le temps qu'il estoit à Londres,
en ambassade, avec noble et puissant seigneur Françoys, Monseigneur de Luxem-

(1) Ce dernier passage me semble intéressant
au point de vue de l'origine de notre « rue du
Heaume ». Cfr. Müller, dans *Com. Archéol. de
Senlis*, 1879, p. 414.

(2) Paris, Janet, 1857.

(3) Tome VII, p. 225-228.

bourg, pour le Roy de France, attendant le retour de noble homme Walleren (1) de Saint, bally de Senlis, lequel estoit retourné en France devers ledit Seigneur pour certains articles touchans la charge de l'ambassade, Mil CCCC IIII^{xx} IX, au moys de décembre. »

Après une description de la pièce, une explication de son sujet et une notice sur François de Luxembourg, l'un des ambassadeurs, M. de Montaiglon continue ainsi :

« Je serai moins affirmatif sur Waleran de Saint que sur François de Luxembourg. Les histoires de Senlis parlent, comme on va le voir, d'une famille de Saint-Simon à laquelle le bailliage de Senlis est comme inféodé ; notre Waleran de Saint est peut-être un Waleran de Saint-Simon. « De son « temps, il (Simon Bonnet, évêque de Senlis « de 1451 à 1496) accorda à Messire Gilles « de Saint-Simon, bailly et gouverneur de « Senlis une portion de la cour de son « evesché pour édifier une chapelle en l'é- « glise de Notre-Dame, que ledict Simon (2) « a fondée en l'honneur de Saint-Jacques ; « la chapelle est appelée la chapelle « du Bailly, en laquelle sont ensépulturez

(1) On voit que M. l'abbé Müller se trompe quand il appelle *Guillaume*, le de Sains, bailli de Senlis, qui alla en Angleterre en 1489.
(*Com. arch. de Senlis*, 1879, p. 330).

(2) Jaulnay devrait dire : « que ledict Gilles de Saint-Simon a fondée. »

« tous ceux de sa famille. Depuis peu
« d'années, feu de bonne mémoire messire
« Louys de Saint-Simon, petit-fils du fon-
« dateur, aussi bailly et gouverneur de
« Senlis et frère de Messire Charles de
« Saint-Simon, à présent bailly et gouver-
« neur, y a fait faire une cave pour servir
« de sépulture (1) ».

Le savant commentateur est facilement
excusable de n'avoir su découvrir l'identité
de Waleran de Saint ou de Sains, car aucun
dictionnaire et pas même Moreri ne cite, à
ma connaissance du moins, ni ce personnage
qui a pourtant joué un rôle assez important
au XVe siècle, ni sa famille qui était à cette
époque une des plus importantes des pays
du domaine royal. Mais ce que M. de Montaiglon n'a pu faire, absorbé par une tâche
multiple, nous pouvons l'essayer, à l'aide
de quelques notes recueillies çà et là.

Waleran de Sains, seigneur de Marigny,
était échanson du roi, bailli et capitaine de
Senlis.

Il avait épousé Jacqueline de Saint-Simon,
fille de Gilles de Saint-Simon, celui-là
même que cite M. de Montaiglon dans sa notice, et il fut l'un de ses exécuteurs testa-

(1) Ch. Jaulnay : *Le Parfait Prélat*, ou la vie
et miracles de saint Rieule, avec une histoire des
choses plus remarquables arrivées... sous l'épis-
copat de chacun évesque de Senlis. Paris, 1648,
p. 530

mentaires (1). Dans « le Pas des Armes de Sandricourt, relation d'un tournoi donné en 1493 au château de ce nom », en Beauvaisis (2), nous trouvons cité comme juge du camp, page 62 : « Monseigneur le Bailly de Senlis », et à la table l'éditeur indique : « le sieur de Sains, bailli de Senlis. »

Nous retrouvons encore le nom de Waleran de Sains dans « une montre de 60 hommes d'armes et de 120 archers en garnison à Péronne, sous les ordres de Louis de Graville, amiral de France (22 juin 1496) », et faite par Waleran de Sains, seigneur de Marigny, bailli de Senlis, commissaire en ceste partie de par Messieurs les Mareschaulx de France (3) ».

Une autre pièce tirée de la même collection (4) nous indique de quel *Marigny* Waleran était seigneur. Nous y lisons en effet : « Le IIIIe may cinq cens cinq, Me Laurens Thibault, porteur de lectres de donation faictes par Messire Valeran de Sains, seigneur de Margny sur le Mas, s'est dessaisi du fief et seigneurie de Mongerain, au

(1) Voir ce testament, en date du 20 septembre 1477.

(2) Publié par A. Vayssière (Paris, Léon Willem, 1874).

(3) V. de Beauvillé : *Docum. inédits concernant la Picardie*, II, p. 189.

(4) *Id. Ibid.*, I, p. 190.

prouffit de Messire Jacques de Sains, et en a faict hommage..... » M. Graves (*canton de Ressons*, p. 66) avait déjà écrit, du reste : « La seigneurie (de Marigny sur Matz) appartenait dans le XIV° siècle à Jean de Sains, gentilhomme Beauvaisin, qui avait épousé Alix de Marigny, sœur de Jean de Marigny, évêque de Beauvais, et d'Enguerrand, célèbre par sa mort tragique ».

Dans un catalogue de vente du libraire Menu, du 1ᵉʳ mai 1877, je relève encore l'indication suivante sous le n° 238 : « Mandement des maréchaux de France à Waleran de Sains, bailly de Senlis, et autres, leur ordonnant de convoquer leurs milices. 18 octobre 1501 ».

La dernière fois que nous trouvons le nom de Walleran de Sains, c'est en août 1515, à propos d'« ungne protection et sauvegarde » qui lui avait été accordée quelque temps auparavant (1).

C'est sans doute aussi le nom de son fils que nous rencontrons dans la même collection (2) le 11 avril 1534.

Waleran de Sains dût naître vers le milieu du XV° siècle de Jean de Sains, gentilhomme du Beauvaisis, et d'Alix, fille de Philippe le Fortier de Marigny, seigneur normand, et sœur de Philippe, évêque de Cam-

(1) V. de Beauvillé, *op. cit.*, III, 309.
(2) *Op. cit.*, IV, p. 676.

bray, puis archevêque de Sens, de Jean, évêque de Beauvais, puis archevêque de Rouen (1), et d'Enguerrand, comte de Longueville, le malheureux intendant des finances de Philippe-le-Bel (2).

Waleran, marié, comme nous l'avons vu, à Jacqueline de Rouvroy-Saint-Simon, mourut en 1324 (3), et fut remplacé comme bailli de Senlis, par Jean, son fils (4), que nous trouvons à Saint-Quentin essayant d'arrêter Charles-Quint à la tète de 200 gentilshommes de son bailliage.

Nicolas, qui fut évêque de Senlis en 1515, était son frère, et il obtint de son neveu Jean, pour l'évêché de Senlis, la seigneurie et la chastellenie de Thourote. C'est vraisemblablement Jean de Sains, bailli de Senlis, qui donna son nom à la « Muette Jean de Sains », à l'entrée de la forêt de Pontarmé.

Waleran eut trois filles : Blanche, mariée le 13 février 1499 à Jean d'Etampes, seigneur de la Ferté-Imbault (5), Christine ou Catherine, mariée en 1510 à Robert des Hayes, dit d'Espinay, seigneur de Boisgué-

(1) Cfr. Delettre. *Hist. du Dioc. de Beauvais,* 1843, tome II, et le P. Anselme, *Hist. gén.,* VI, p. 312.

(2) Gall. Christ.

(3) *Com. Archéol. de Senlis,* 1879, p. 330.

(4) *Com. Archéol. de Senlis,* 1879, p. 330.

(5) P. Anselme, *Hist. généal.,* VII, p. 544.

roust (1), et Jeanne, qui épousa Jacques,
comte de Sancerre, et eut pour fils François
de Bueil, élu archevêque de Bourges le
25 janvier 1520.

VIII. Il serait sans doute intéressant de
rechercher les origines de la famille de
Sains, tout a fait négligée par les généalo-
gistes; malheureusement c'est là une tâche
des plus ardues. En effet, de même que nous
trouvons plusieurs localités du nom de
Sains, dans les départements du Nord, du
Pas-de-Calais, de l'Aisne, de la Somme et
de l'Oise, nous trouvons aussi plusieurs
familles de ce nom qui ne paraissent pas
pouvoir être confondues. Une seule chose
est donc possible, c'est de déblayer un peu
le terrain, afin de permettre à un chercheur
plus heureux ou plus patient d'essayer de
retrouver la filiation de nos de Sains senlisiens. C'est ce que je vais essayer de faire.

Je ne m'étendrai pas sur les de Sains que
nous rencontrons en Flandre, ou en Artois (2)

(1) P. Anselme, *Hist. Généal.*, VII, p. 475.

(2) Pour les Sains de ces pays, voy. *Dict.*
hist. et archéol. du dép. du Pas-de-Calais
(Arras, 1873) Tome II, dans : Notice sur Sains-
les-Marquion, par A. Godin; puis Demay :
Sceaux de l'Artois, numéros 605, 606, 608, 609,
1758, 1759; *Sceaux de Picardie*, n° 604; *Sceaux*
de Flandre, n° 3660. — Tous ces seigneurs por-

non plus qu'en Vermandois (1); je m'occuperai seulement de ceux qui paraissent se rattacher au Beauvaisis, soit par Sains-Morenvillers (Oise), soit par Sains (Somme), village très voisin de notre département. Voici, par ordre chronologique, ceux que je crois pouvoir classer dans cette catégorie et parmi lesquels il faut chercher les ancêtres de nos baillis.

Raoul de Sains, chevalier, maire de Rocquencourt en 1224, portait un écu semé de croissants, au lion et à la queue trèflée (2).

Nous trouvons une Mahaut, dame de Sains, « fame » de « Jehans de Moy, che-

tent un écu au chef ou à la croix échiqueté.... à la bande brochant. Voyez encore V. de Beauvillé : *Documents inédits*, IV, p. 122; mais le Sains ici cité et qui possédait des biens à Framicourt (Somme) doit peut-être être rattaché à la famille Picarde; il en est de même de Trousselet de Sains, cité dans la même publication, IV, p. 98, 121. — La seigneurie de Sains en Artois paraît, du reste, être passée de très bonne heure et au moins dès le milieu du XIV° siècle, à la maison de Créquy. Cfr. Demay : *Sceaux de l'Artois*, n°° 607, 1448, et *Sceaux de Flandre*, n°° 742 et 2647.

(1) Cfr. V. de Beauvillé : *Documents inédits concernant la Picardie*, I, 50, 58, 59; II, 19, 171, 186; et surtout : *Essai historique sur Sains* (Aisne) *et les environs*, par C. A. Barot. Compiègne, 1882. In-8. (notamment p. 21.)

(2) Demay : *Sceaux de Picardie*, n° 754.

valiers, sire de Moy et de Sains en Biau-
voisis » qui autorise en août 1294 les religieux de Froidmont à tenir librement une
terre à Sains (1).

Parmi les « Sains » picards ou beauvai-
sins, nous pouvons aussi placer «..... De-
mizelle Ysabiaus de Sains, jadis fame Raoul
de Cais, maires d'Aubegny » qui « a fait le
serment de la mairie d'Aubegny, pour luy et
pour ses enfans, comme tuteurs d'ychiaus,
pour tant qu'il touque à cascun..... le juesdi
après la St Mahiu l'an 1328... (2) », et les
deux familles ainsi alliées eurent longtemps
des intérêts communs, ainsi que nous le
voyons par le fief que tenait à Caix en 1404
« le fille Monsieur Bidaus de Caix.....
laquelle terre fut jadis à Aubert de
Sains... (3) ».

Jehan de Sains, écuyer, est cité dans le
« Rôle des nobles et fieffés du Bailliage d'A-
miens, convoqués pour la guerre le 25 août
1337 (4) » parmi les nobles du Beauvaisis

(1) Arch. de l'Oise; abbay. de Froidmont.

(2) Arch. de la Somme : cartulaire Stix; registre aux actes de foi et hommage du Comté de
Corbie, commençant en l'an 1325 et finissant en
l'an 1370, fol. 16, v⁰.

(3) V. de Beauvillé : *Docum. ined.* III, p. 216.

(4) Publié par Réné de Belleval, Amiens, 1862.
M. de B. donne pour armes à Jehan de Sains :
De gueules semé de croissants d'argent au lion de
sable.

(p. 21). Nous trouvons dans le même rôle
« Mre Jaque de Sains (p. 85) » parmi les
chevaliers de la prévôté de Montreuil, et un
autre Jehan de Sains parmi les nobles de la
Chatellenie d'Oisy (p. 114).

Dans les « Montres et quittances » pu-
bliées par le même éditeur (1), nous relevons les noms de Robert de Sains, le Brun
de Sains et Trousselle de Sains en 1369, et
celui de Jehan de Sains en 1386.

A la même époque, nous trouvons un Jean
de Sains dont la femme Jeanne testa en
1383.

Une autre Jeanne de Sains est mariée vers
1398 à Jean de Roye, seigneur de Laigny-
les-Chasteigners, près Noyon (2).

Nous arrivons au XVe siècle.

S'il est douteux que Jean de Sains, évêque
de Meaux en 1418, appartienne à notre contrée, bien qu'il fut chanoine de Beauvais (3),
nous pouvons nous attribuer Baudouin de
Sains qui avait épousé Béatrix de Boufflers
et qui mourut entre 1428 et 1436 (4). Ne

(1) In-8. Amiens, 1860.

(2) P. Anselme, *Hist. généal.* VIII, p. 10.

(3) Aug. Allou : *Chronique des Evêques de
Meaux*, 1876, p. 63.

(4) P. Anselme : *Hist. généal.* V, p. 80;
VIII, p. 659. — Pour d'autres de Sains, voir le
même auteur, IV, 169; VI, 53, 177, 312; VII,
544, 851.

serions-nous pas ici en présence du grand-père et de la grand'mère de Waleran de Sains? Bien des raisons nous autorisent à le croire.

En 1465, une Jeanne de Sains, mariée à Pierre de Reims, est de son chef, dame de Troissereux (1), et ce nouvel anneau nous amène à l'époque de notre Waleran. Cependant nous n'en avons pas encore fini avec les de Sains de Picardie et de Beauvaisis. En effet, sans parler de Raoul de Sains, clerc à Laon au XIVe siècle (2), où placer dans ce classement généalogique Giles de Sains que nous trouvons dans deux montres à Abbeville en 1500 et 1506 (3), Pierre de Sains et Oudinette, sa femme, Enguerrand de Sains, escuyer à Beauvais et Messire Jean de Sains, tous deux propriétaires de fiefs à Auchy (Oise), au commencement du XVIe siècle et nommés dans un autre document publié également par M. de Beauvillé (4)?

Que faire de Nicolas de Sains, chanoine de la Cathédrale d'Amiens en 1506 (5), d'Eustache de Sains, protonotaire de la même

---

(1) *Com. arch. de Senlis*, 1879, p. 330.

(2) Demay : *Sceaux de Picardie*, n° 1,301.

(3) V. de Beauvillé, *op. cit.*, II, p. 196.

(4) *Op. cit.*, I, p. 199, 178 et 224.

(5) *Picardie*, 1874, p. 121.

église, en 1518 (1), de Jean de Sains, nommé chanoine et écolâtre d'Amiens en 1524 (2), d'un autre Nicolas de Sains, locataire de chasse dans la forêt de Rayneval en 1530 (3) ?

D'un autre côté, nous trouvons à Senlis même, au XVI° siècle, plusieurs de Sains dans des positions bourgeoises trop modestes pour que nous puissions les croire parents..... autrement que de la main gauche, de notre bailli.

C'est notamment Jehan de Sains, habitant commandé pour le guet en 1512 (4), un autre Jehan (à moins que ce soit le même plus vieux de 20 ans), marchand et échevin de Senlis en 1531 et 1533 (5).

Peut-être pourrait-on penser qu'il y eut dès le XIV° siècle une branche des de Sains installée à Senlis et devenue bourgeoise, branche à laquelle appartenait la Jeanne de Sains dont nous possédons le testament de 1383 et qui se perpétua dans ceux-ci (6).

(1) Daire : *Hist. litt.*, p. 480, cité dans *Picardie*, 1874, p. 121.

(2) *Picardie*, 1874, p. 121.

(3) V. de Beauvillé. *op. cit.*, IV, 183.

(4) Afforty, VIII, 4043.

(5) Am. Margry, *Com. arch. de Senlis*, 1879, p. 120.

(6) Pour ces de Sains de Senlis, Cfr. Afforty, passim et notamment III, 1587 ; IV, 2022, 2023 ; IX, 4723 ; XII : XIX, 339 ; XX, 808 ; XXIII, 584, 670, 704, 778, 797, 839 ; XXIV, 309.

Comme on le voit, le champ est ouvert aux hypothèses.

A Sains-Morenvillers, canton de Maignelay, M. Graves se contente de nous dire : « La seigneurie appartenait à une maison qui en portait le nom, et qui fournit dans le seizième siècle un évêque au diocèse de Senlis (1) ». Le renseignement est maigre, dépourvu de preuves.

Pourrions-nous du moins tirer quelque lumière des armoiries portées par ces familles? On sait que l'écu fut bien longtemps *personnel*; de plus, ici encore, nous sommes écrasés sous le nombre des renseignements. L' « Armorial général » de Riestap (2), le recueil le plus abondant en pareille matière, nous donne sept armoiries différentes pour sept familles diverses du nom de Sains. Laquelle choisir pour nos baillis? Afforty, qui, d'après le *Dictionnaire héraldique,* leur donne pour armes : « De gueules à la fasce d'or, au chef échiqueté d'argent et d'azur de deux traits, » semblerait par là les rattacher aux Sains de l'Artois dont l'écusson était similaire. Peut-être notre vieux doyen avait-il quelque bonne raison de leur attribuer cette origine; mais il ne semble pas l'avoir indiquée.

(1) Voir sur cet évêque le gros mss. de la Bibl. de Senlis.

(2) In-8. Gouda. 1861.

Quant à moi, je terminerai ici ces fastidieuses recherches que je laisserai à d'autres le soin de poursuivre. J'en ai sans doute déjà dit assez long pour fournir à quelque critique de mauvaise humeur l'occasion de me crier à la barbe : Besacier, mon ami, tu justifies on ne peut mieux le titre de ta première causerie !

II

Du Festin du Roy-Boit

ET DE LA POLÉMIQUE SOULEVÉE A CE SUJET

EN FRANCE

ET PARTICULIÈREMENT A SENLIS

DANS LA SECONDE MOITIÉ DU XVII° SIÈCLE

I. Je crois absolument inutile de présenter

au lecteur le savant Jean Deslyons, doyen
et théologal de l'Eglise de Senlis au XVIIe
siècle. Tous ceux qui s'intéressent à notre
histoire locale ont lu l'intéressante notice
publiée sur ce personnage par M. le comte
de Maricourt (1), et son nom parait trop souvent dans les travaux de nos antiquaires
senlisiens pour que j'aie besoin de dire quel
rôle il a joué dans notre ville pendant
sa longue vie (2). C'est tout au plus si je
pourrais me permettre ici de rappeler que
ce nom de Deslyons ou des Lyons, originaire sans doute du Vexin français (3),
— notre théologal naquit, à Pontoise, en
1615 (4), — n'était pas absolument nouveau à
Senlis, puisque nous y voyons, en 1439, un
Martin des Lyons, prieur de Saint-Vincent et
curé de Montagny-Sainte-Félicité (5), j'ajou-
terai qu'il fonda en 1671 à Senlis, la chapelle
des saints Gervais et Prothais où il fut en-

(1) *Com. arch. de Senlis,* 1862-63, p. 21.

(2) Cfr. *Com. arch. de Senlis,* 1876, xx, xxiii,
et 1877, p. 25.

(3) « Osny... Terrier du fief de Pavie pour les
enfants de Jean Deslyons touchant leur fief
d'Osny (à 4 kil. de Pontoise). 13, 14 mai et 12
juin 1539. » Manuscr. vendu par le libraire Menu
le 1er mai 1877, sous le numéro 165.

(4) C'est par erreur que la *Bibliothèque de
Richelet* le fait naître à Senlis.

(5) *Com. arch. de Senlis,* 1880, p. 44.

terré (1), et que c'est à sa charité que Senlis dût, en 1695, l'établissement des filles de la Croix (2). Je reviendrai plus loin sur le catalogue de ses œuvres qui n'a pas encore été donné d'une manière complète; mais j'ai hâte présentement d'arriver à celle de ses publications qui forme le sujet principal de cette causerie, savoir, ses *Traités singuliers et nouveaux contre le Paganisme du Roi-Boit.*

Mais auparavant, je crois intéressant de faire ici, d'une manière aussi courte que possible, l'historique de la Fête des Rois. Nous entrerons avec plus de facilité dans l'intelligence de la lutte survenue à l'occasion de cette fête dans l'Eglise de France, et particulièrement à Senlis, quand nous connaîtrons son origine et les différentes modifications qu'elle a subies.

II. Les premiers fidèles jeûnaient la veille des Rois. Le titre de vigile que ce jour porte dans les anciens sacramentaires en est une preuve certaine. Vers le XI° siècle, on commença à croire qu'un jeûne austère n'était pas compatible avec la joie que cause aux chrétiens la nativité du Sauveur, dont on

(1) *Com. arch. de Senlis*, 1880, p. 83.

(2) *Com. arch. de Senlis*, 1878, p. 159 ; 1879, pp. 271-73, 387 et notes.

continuait la mémoire jusqu'à l'Epiphanie.
On se persuada que pour honorer cette auguste naissance, il fallait adoucir ce jeûne.
On but ce jour là du vin, et on y mangea
des aliments apprêtés d'une manière particulière, et qui n'était point d'usage parmi les
fidèles lorsqu'ils jeûnaient. C'est ce que
nous apprenons de Saint Pierre Damien
(opuscule 56), qui s'en plaint amèrement.
Cette dévotion était trop commode pour
qu'on ne la portât pas plus loin. Peu d'années après, on proscrivit entièrement cette
abstinence ; on ordonne dans un statut, attribué à Saint Lanfranc, de ne point jeûner
la veille de l'Epiphanie : « non jejunetur ».
Quelqu'agréable que fut cette ordonnance,
elle ne fut pas universellement suivie. Durand, évêque de Mende, qui vivait au XIIIᵉ
siècle, assure que de son temps il y avait
encore des fidèles qui prétendaient que l'on
devait jeûner la veille de l'Epiphanie « quidam asserunt in vigiliâ Epiphaniae jejunandum. » Mais ce sentiment ne prévalut pas.
Le peuple, persuadé apparemment qu'il honorait fort la divinité, en faisant deux repas
au lieu d'un, ne voulut pas entendre parler
d'abstinence. La joie ne se borna même pas
à la suppression du jeûne. Nous apprenons
par le livre des Lois (cap. 26) de Guillaume,
évêque de Paris, que de son temps on allumait des feux dans les places publiques, la
veille de l'Epiphanie, de même qu'à celle de
la saint Jean-Baptiste.

Jusque-là, on ne voit aucune trace du festin du Roi-boit, et il n'existait certainement pas à cette époque ; car le rigide Pierre Damien, qui blâme les adoucissements du jeûne de l'Epiphanie, le scrupuleux Durand, évêque de Mende, qui déplore le relâchement de l'abstinence de la veille des Rois, et l'inflexible Guillaume, évêque de Paris, qui non-seulement censure les feux de joie qu'on allumait, mais encore les traite franchement d'idolâtrie du feu, tous ces auteurs n'auraient pas manqué de parler de la coutume du festin des Rois et de fulminer contre elle dans leurs écrits toute l'indignation de leur intolérante piété.

. C'est au XIV⁰ siècle qu'il faut placer l'origine du Roi-boit. A cette époque de pieuse simplicité, on *racontait* dans toutes les églises chaque fête par une représentation théâtrale qui fut l'origine des mystères, et qui servait à graver dans l'esprit des peuples les grandes vérités de la religion et les sublimes exemples qu'elle prétend enseigner.

Ainsi, le mercredi des Quatre-Temps de décembre, où on lit à la messe comment l'ange Gabriel vint annoncer à Marie le mystère de l'Incarnation, on plaçait sur un échafaud une jeune fille à qui un enfant habillé en ange annonçait qu'elle allait devenir mère du fils de Dieu ; une colombe, suspendue sur la tête de la jeune fille, figurait le Saint-Esprit.

. Le jour de la Chandeleur, on habillait en

vierge tenant un enfant de cire, une jeune
fille accompagnée de jeunes garçons vêtus
en ange, dont deux portaient des tourte-
relles. La vierge allait à l'offrande de la
messe, récitait quelques vers et présentait
les oiseaux.

Le dimanche des Rameaux, on faisait une
procession, dans laquelle le clergé et le
peuple portaient des palmes pour représen-
ter l'entrée triomphante de l'Homme-Dieu
dans Jérusalem. Cette procession se fait
encore aujourd'hui dans toute l'Eglise.

Le Vendredi-Saint, on attachait un homme
sur une croix avec des cordes pour figurer
le crucifiement du Sauveur. Cet usage durait
encore à la fin du XVIIIe siècle dans quelques villes des Pays-Bas.

Le jour de Pâques, entre Matines et
Laudes, trois chanoines revêtus d'aubes,
contrefaisaient les Maries, et tenaient avec
deux enfants de chœur placés sur l'autel,
qui figuraient les anges, les discours que les
saintes femmes tinrent au sépulcre.

Le jour de la Pentecôte, et pour repré-
senter la descente du Saint-Esprit, des
étoupes allumées désignant les langues de
feu qui parurent sur la tête des Apôtres,
étaient jetées du haut de la voûte de l'Eglise
pendant qu'on chantait le *Veni Creator* à
l'heure de Tierce.

Enfin, on trouve dans un ancien ordinaire
de l'église de Sainte-Madeleine de Besançon,
la manière dont on représentait l'Epiphanie.

Quelques jours avant la fête, les chanoines élisaient un d'entre eux auquel on donnait le nom de Roi, parce qu'il devait tenir la place du roi des rois. On dressait à ce chanoine une espèce de trône dans la première place du chœur, et on lui donnait une palme pour sceptre. Il officiait le jour de l'Epiphanie, à commencer dès les premières vêpres. A la messe, trois chanoines, revêtus, le premier d'une dalmatique blanche, le second d'une rouge, le troisième d'une noire, ayant chacun une couronne sur la tête, la palme à la main, suivis chacun d'un page qui portait leurs présents, sortaient de la sacristie et descendaient en chantant l'Evangile, dans l'église inférieure qu'ils parcouraient. Ils étaient précédés d'une espèce de lustre sur lequel il y avait plusieurs cierges allumés qui figuraient l'étoile. Ils remontaient au chœur, lorsqu'ils en étaient à cet endroit de l'Evangile où il est dit que les mages entrèrent dans l'étable, et y adorèrent le divin Sauveur. Alors, venant au célébrant, ils se prosternaient devant lui et lui offraient leurs présents ; ils s'en retournaient ensuite par le côté opposé à celui par lequel ils étaient venus. Le chanoine roi, la veille et le jour de l'Epiphanie, après l'office fini, donnait chez lui, à tous les chanoines ses confrères, qui composaient sa cour, une magnifique collation, pendant laquelle il était regardé et traité comme le roi de la compagnie.

Les iaïques ne voulurent pas sur ce point céder en dévotion aux ecclésiastiques ; ils résolurent de faire un roi dans chaque famille, et comme les familles ne se trouvent en général réunies que pendant les repas, on prit ce temps pour créer un roi. On voulut que le sort décidât de cette royauté, et on imagina le moyen suivant. Il paraît que nos bons aïeux aimaient fort les gâteaux fins ; dans quelques villes, à Amiens par exemple, les habitants étaient obligés de présenter un gâteau de cette espèce au roi et à la reine à leur première entrée. Il fut donc décidé que l'on ferait un gâteau pour le jour de l'Épiphanie, que dans ce gâteau on placerait une fève, et que celui dans la part duquel se trouverait cette fève serait déclaré roi. Pour imiter ce qui se pratiquait à la cour, on donna à ce roi imaginaire des officiers ; toute la famille se soumit à ses ordres. La souveraineté de ce roi s'exerçant à table, il fallut lui marquer quelque distinction pendant le temps du repas, de là vint que lorsqu'il buvait, on se mit par honneur à crier : le Roi-boit ! vive le Roi ! On voulut punir ceux qui manquaient à cet important devoir. D'après la tradition de cette époque, parmi les trois rois qui vinrent adorer le Sauveur, il y en avait un qui était nègre ; et dans quelques-unes des églises où l'on représentait l'arrivée de ces princes à Bethléem, il y en avait un qui, de même que son page, avait le visage et les mains noircies.

Cette représentation fournit l'idée du châtiment dont on devait punir ceux qui avaient manqué de crier : le Roi-boit ! Ils furent condamnés à être barbouillés de noir, et ce genre de punition contribuait singulièrement à augmenter la gaîté du repas ; et c'est à quoi faisait allusion ce quatrain que l'on chantait à Lille :

« Quand le Roi commence à boire,
« Si quelqu'un ne disait mot,
« Sa face serait plus noire
« Que celle de notre pot ! »

Cette réjouissance passa du peuple aux princes et aux rois.

Jean d'Orronville rapporte ainsi la manière dont Louis III, duc de Bourbon, faisait son roi (1) :

« Vint le jour des rois où le duc de Bourbon fit grande fête et lie-chère, et fit son roi d'un enfant en l'âge de huit ans, le plus pauvre que l'on trouva en toute la ville, et le faisait vêtir en habit royal, en lui baillant tous ses officiers pour le gouverner, et faisant bonne chère à celui roi, pour révérance de Dieu, et le lendemain dinait celuy Roy à la table d'honneur, après venait son maître d'hôtel qui faisait la queste pour le pauvre Roy, auquel le duc Louis de Bourbon donnait communément quarante livres pour le

(1) *Vie de Louis III, duc de Bourbon*, chap. V, p. 17-18.

tenir à l'école, et tous les chevaliers de la
cour, chacun un franc, et les écuyers chacun demi-franc, si montait la somme aucunes
fois près de cent francs, que l'on baillait au
père ou à la mère, pour les enfants qui
étaient rois à leur tour, à enseigner à l'école
sans autre œuvre, dont maint d'iceux en vivaient à grand honneur, et cette belle coutume tint le vaillant duc Loys de Bourbon
tant comme il vesquit. »

Les écoliers de l'université de Paris passaient les jours des fêtes de saint Martin, de
sainte Catherine, de saint Nicolas, la fête
des Nations, des Collèges et celle des Rois
en divertissements avec des farceurs et des
comédiens qui dansaient et qui chantaient
des pantomimes et des airs plus que profanes. La Faculté des arts fit un statut en
1484 pour réprimer ces abus : elle excepta
néanmoins dans son décret la veille et la
fête des Rois, jours auxquels elle permit aux
écoliers de se réjouir honnêtement, après
avoir assisté au service divin.

Nous avons vu tout à l'heure le festin des
Rois servir de prétexte à la charité d'un
prince pieux ; nous allons maintenant le
voir dégénérer en divertissement dangereux
et quelquefois même en débauche.

La réjouissance des Rois occasionna une
blessure grave à François Ier. Martin du
Bellay raconte ainsi cet accident au 1er livre
de ses Mémoires (p. 27) :

« Le Roi étant à Rémorentin, vint la fête

des Rois ; le roi sachant que M. de Saint-Pol
avait fait un roi de la Fève en son logis,
délibéra avec ses suppots d'envoyer défier
ledit roi de mondit seigneur de Saint-Pol,
ce qui fut fait. Et parce qu'il faisait grandes
neiges, mondit seigneur de Saint-Pol fit
grande munition de pelottes de neige, de
pommes et d'œufs pour soutenir l'effort.
Etant enfin toutes armes faillies pour la défense de ceux de dedans, ceux de dehors
forçant la porte, quelque mal avisé jeta un
tison de bois par la fenêtre, et tomba ledit
tison sur la tête du Roy, de quoi il fut fort
blessé, de sorte qu'il fut quelques jours que
les chirurgiens ne pouvaient assurer de sa
santé. »

La reine-mère, Louise de Savoie, raconte
le même fait dans les termes suivants :

« Le sixième jour de janvier 1521, feste
des Rois, environ quatre heures après-midy,
mon fils fut frappé d'une mauvaise buche
sur le plus hault de ses biens (1), dont je
feus bien désolée; car, s'il en fut mort,
j'étois femme perdue ; innocente fut la main
qui le frappa, mais, par indiscrétion, elle
fut en péril avec tous les autres membres (2) ».

(1) Sur sa tête.

(2) *Journal de Louise de Savoie, Duchesse
d'Angoulesme, d'Anjou et de Valois, mère du
Grand Roi François 1er*, dans *Coll. des Mémoires relatifs à l'Histoire de France*, pub. par
Petitot, Paris (1820), t. XVI, p. 404.

Ces réjouissances à l'occasion de la fête des Rois n'occasionnaient pas des accidents seulement à la cour ou dans les villes. Il y a dans nos archives de nombreuses traces de pareils événements ; je citerai seulement ici une lettre de rémission (1) en faveur d'un nommé Pierrotin Renon (9 juillet 1428), qui en jouant au jeu du tiers, le dimanche de l'Epiphanie, à Henencourt, en Picardie, avec d'autres jeunes gens « ainsi que ont acoustumé faire au pais les jeunes gens à marier à jour de feste... », avait blessé mortellement une jeune fille.

On lit dans les Mémoires de Vieilleville que les seigneurs les plus distingués du royaume criaient : le Roy-boit.

Pasquier (*Recherches de la France*, T. I, col. 389, Edit. de 1723) indique la manière dont on procédait à la distribution du gâteau de la Fève : « Celui, dit-il, qui est le maître du banquet, a un grand gasteau, dans lequel il y a une fève cachée, gasteau, dis-je, que l'on coupe en autant de parts qu'il y a de gens conviés au festin. Cela fait, on met un petit enfant sous la table, lequel le maistre interroge sous le nom de *Phœbe*, comme si ce fut un être en qui l'innocence de son âge représentast une forme d'oracle d'Apollon. A cest interrogatoire, l'enfant répond par un mot latin : *Domine*. Sur cela le

(1) Arch. Nat., Sect. hist., Trés. des Ch., J. Reg. 174, f° 82. — Cité dans *Mém. des Ant. de Picardie*, t. XX (1865), p. 72.

maistre l'adjure de dire à qui il distribuerait
la portion du gasteau qu'il tient en la main :
l'enfant le nomme, ainsi qu'il lui tombe en
la pensée, sans acception de la dignité des
personnes, jusqu'à ce que la part est donnée
à celui où est la fève ; et par ce moyen, il
est réputé Roy de la Compagnie, encore
qu'il fut réputé le moindre en autorité. Et
ce fait chascun se déborde à boire, manger
et danser ; il n'y a respect de personnes : la
festivité de la journée le veut ainsi... »

L'Estoile, dans son journal, décrit en ces
termes ce qui se passa à la messe de
Henri III, le jour de l'Epiphanie de 1578
(t. I, p. 87) :

« Le lundi 6 janvier, jour des Rois, la demoiselle de Pons de Bretagne, Reine de la
Fève, fut par le roi, désespérément brave,
frisée et gaudronnée, menée du château du
Louvre à la messe en la chapelle de Bourbon, étant le roi suivi de ses mignons, autant
et plus braves que lui ; Bussy d'Amboise s'y
trouva habillé tout simplement, mais suivi
de 6 pages, vêtus de drap d'or frisé, disant
tout haut que le temps était venu que les
belistres seraient les plus braves, de quoi
suivirent les secrettes haines et querelles qui
parurent bientôt après. »

Du Peyrat raconte le même fait ; mais
comme il ajoute des circonstances intéressantes, nous croyons qu'on lira avec plaisir
son récit (liv. I, chap. 41) :

« Du règne d'Henri III, on faisait à la
Cour, la veille de la fête des Rois, au souper,
une reine de la fève, et le jour des Rois le
roi la menait à la messe à son côté gauche,
et si la reine y était, elle marchait au côté
droit. Un peu au-dessous du roi on préparait
un oratoire et un drap de pied pour la reine
de la fève, au côté gauche de celui du roy,
avec son carreau à main droite. Le roi
baillait à l'offrande, avec l'écu, trois boules
de cire, l'une couverte de feuilles d'or,
l'autre de feuilles d'argent, et la troisième
couverte d'encens..... Le roy étant de retour
en sa place sous le dais, la reine de la fève
se levait, et ayant fait la révérence au Roy et
à la Reine, allait à l'offrande. La Reine n'y
allait pas, et après la messe, leurs majestés
et la reine de la fève, somptueusement
habillées et parées, retournaient en grande
pompe au Louvre, les trompettes et tam-
bours sonnants. »

Muret, dans son traité des Festins, p. 39,
écrit qu'à la fin du XVII° siècle, celui de la
Cour à qui la fève était échue, était servi
par le roi même.

Enfin, pour terminer cette longue énumération des réjouissances auxquelles don-
naient lieu la Fête des Rois, par une mention de ce qui se passait alors à Senlis, je
rappellerai que la veille de l'Epiphanie, les
officiers de l'hôtel-de-ville portaient, en
grande pompe, l'hypocras au nouveau gou-

verneur de la ville. Cela eut lieu tout au moins en 1620 (1), mais je ne saurais affirmer que cette cérémonie officielle se soit renouvelée à une autre époque.

III. Comme on le voit, il semble, à considérer seulement ce que je viens de raconter, que le festin des Rois avait une origine tout à fait chrétienne (2), et qu'il n'avait pas d'autre but qu'une honnête réjouissance à l'occasion de la nativité du Sauveur. Le clergé lui-même s'associait à ces plaisirs et quelquefois les consacrait par des récompenses spirituelles ; et pour ne citer qu'un exemple qui doit nous intéresser particulièrement, on voit que Guillaume Rose, évêque de Senlis, et prédicateur et confesseur du roi Henri III, accorda des indulgences au roi et à la reine du gâteau qui iraient à l'offrande le jour de l'Epiphanie.

Quoi qu'il en soit, le festin de la fête des rois rencontra des adversaires et des détracteurs.

Lorsque les Luthériens et les Calvinistes parurent, ils s'élevèrent fortement contre le

(1) *Com. arch. de Senlis,* 1881, p. 11.

(2) Ce n'est pas l'avis de M. Ch. Gomart qui donne, dans la *Picardie,* de 1870, p. 333-336, d'intéressants détails sur la façon dont se célébrait la fête des rois dans nos villes du Nord et notamment à Cambrai, à Lille et à Saint-Quentin.

festin du Roy-boit ; ils prétendirent que
c'était un reste du paganisme et une imitation des saturnales.

Depuis ce temps, la querelle ne fit que
s'envenimer, et enfin, en 1662, les docteurs
et les prêtres de la congrégation de Saint-
Sulpice de Paris s'émurent de cette guerre,
et, ayant résolu d'extirper une coutume
qu'ils regardaient comme contraire au chris-
tianisme, ils invitèrent tous les théologiens
de France et en particulier les théologaux des
évêchés (1), à les secourir dans cette lutte
sacrée. Deslyons fut un des premiers convoqués, à cause sans doute de sa science et
de sa piété. Il s'occupa activement de cette
affaire, car le 1er janvier 1663, il prêcha
contre le festin des Rois dans la cathédrale
de Senlis et quelques jours après il prononça
un second sermon ; enfin, le 8 janvier 1664,
il donna au public ces deux sermons avec
une introduction fort longue dans laquelle il
rapporte tous les passages d'auteurs sacrés
ou profanes qui ont condamné le festin des
Rois.

Je m'étendrai peu sur ces deux discours
de Deslyons ; je préfère réserver la patience du lecteur pour le Traité du Roy-
boit qui n'est que la reproduction ampli-

(1) On peut consulter sur les dignitaires du
Chapitre, et en particulier sur les théologaux, la
Revue Belge de Numismatique, 1875, p. 103 et
suiv.

fiée et sous une autre forme des idées et des recherches des *Discours ecclésiastiques*.

Je demanderai seulement la permission de citer quelques passages comme échantillon du style de notre bon théologal.

IV. Dans le premier de ses discours où il trace aux fidèles de Senlis une peinture effrayante des désordres que le diable cause dans l'Eglise catholique par les restes de fêtes païennes qui s'y sont conservées, il s'exprime ainsi à propos du carnaval :

« N'est-ce pas le démon, mes frères, qui a inventé, qui a introduit le carnaval au milieu de la pénitence, dans le temps mystérieux de la Septuagésime, qui nous en donne des leçons et des lois ? Car, dans les jours même où notre Sauveur était au désert pour jeûner, pour pleurer tes péchés, ô monde aveugle et insensé, c'est-à-dire depuis la fête des Rois trois ou quatre jours après son baptême au Jourdain, c'est justement en ce temps là que tu fais des festins, des jeux et des folies, avec plus d'excès et moins de remords qu'en tout autre temps de l'année, comme si le diable qui est ton prince, « Princeps mundi hujus », avait entrepris de ruiner la pénitence de Jésus-Christ par l'impénitence des chrétiens. »

Il arrive ensuite à parler de la Saint-Martin.

« Ne savons-nous pas, s'écrie-t-il, ne voyons-nous pas que Satan s'est vengé par sa rage et par ses ruses ordinaires, des jeûnes et de la pénitence de ce second apôtre de la France, en rendant sa fête aujourd'hui plus célèbre dans les cabarets et dans les jeux qu'elle ne l'a jamais été dans les offices divins. Le vin de Saint-Martin est plus connu du peuple que sa vie : le diable a brisé ses reliques par les mains des Huguenots, et il a conservé en mémoire de lui, parmi les chrétiens infidèles, les idoles du ventre et de l'argent qu'on dresse partout en son honneur sur les tables des foires et des tavernes au jour de sa fête ; il est quasi de sa vigile, comme de la veille des Rois : Bacchus en est le prêtre ou l'idole pour en faire ou pour en recevoir les sacrifices. Et cet abus vit encore après mille ans de vieillesse, après qu'il a été condamné par les médecins de l'Église, qui sont les évêques et les prêtres. »

Dans un autre passage, Deslyons dit que les Chrétiens du temps de Tertullien étaient « tout pesants de piété, tout graves de religion, tout massifs de sagesse. »

Parlant de la préparation à la communion pour le jour de l'Epiphanie : « Or, s'écrie-t-il, quelle préparation sera-ce pour communier, de banqueter le soir, de se remplir l'estomac de corruption, l'esprit d'impuretés, l'imagination de vanités, la bouche d'inutilités et peut-être de saletés, le cœur de distractions, les sens de toutes sortes d'espèces profanes et mensongères ? »

Je pourrais multiplier ces exemples, mais

je crois en avoir assez dit pour donner un
échantillon du style ampoulé de ces discours,
qui nous font sourire aujourd'hui et qui faisaient sans doute frissonner nos pères de
terreur et de componction.

On voit par les citations que je viens de
faire que l'esprit de tolérance et de mansuétude ne règne pas toujours dans les sermons
de notre pieux chanoine. Mais il ne faut pas
oublier qu'il les prononçait en 1663, l'année
même où commença le renversement de
l'œuvre de Henri IV, la liberté de conscience,
qui devait s'écrouler en 1685 sous le coup
de l'édit de Nantes et des *Dragonnades*
ordonnées par Louvois

Le résultat de cette prédication de Deslyons fut, parait-il, excellent, et l'éloquence
du savant théologal fut largement récom-
pensée, car il s'en vante lui-même en ces
termes dans son introduction : « Je puis
dire à la gloire de Dieu, et à la louange du
peuple de Senlis, que seulement le premier
de nos deux discours eut un tel effet sur les
esprits, avec la grâce de N.-S.-J.-C., qui
toucha les cœurs, que la cérémonie du
Phœbe et la clameur du roy-boit, furent
tout d'un coup abolies dans les familles dont
les chefs avaient assisté au sermon le jour
de l'an. »

Deslyons pouvait donc être fier du résultat
qu'il avait obtenu et il se félicitait sans doute
d'avoir terminé une discussion ouverte depuis des siècles, lorsqu'un adversaire inatten-
du se présenta pour la réplique.

V. Cet adversaire était un avocat de Senlis, Maitre Nicolas Barthélemy, habile homme si l'on en croit sa préface et les nombreux compliments qui lui sont adressés au commencement de son livre.

Qu'était-ce que ce Nicolas Barthélemy, avocat en parlement au bailliage et siège présidial de Senlis ? Malgré toutes les recherches que j'ai pu faire, il m'a été impossible de trouver aucun renseignement biographique sur cet homme, qui a dû cependant jouer de son temps un certain rôle dans notre cité. Je vois seulement qu'il possédait une grande maison à la place aux Charrons, aujourd'hui place de Lavarande (1). Peut-être Nicolas descendait-il d'un Mathieu Barthélemy, avocat et conseiller particulier de l'évêque Charles de Blanchefort, au commencement du XVIᵉ siècle (2)? On trouve encore sous la Ligue, un Nicolas Barthélemy, brave royaliste qui, ayant été menacé par Guillaume Rose de la prison, fut obligé de se retirer à Compiègne, d'où il ne laissa pas de rendre d'éminents services à Senlis, sa patrie (3).

Quoi qu'il en soit de son origine, Nicolas Barthélemy répondit à Deslyons dans un

(1) *Com. arch. de Senlis*, 1880, p. 31.

(2) Mss. in-folio de la Bibliothèque de l'auteur.

(3) Mss. in-folio de la Bibliothèque municipale de Senlis.

pathos inextricable qu'il faut cependant avoir
le courage d'aborder ; peut-être y glanerons-
nous çà et là quelques renseignements intéressants.

Suivant l'usage de ce temps, une cinquantaine de pages au commencement du volume
sont consacrées à l'épître dédicatoire, à l'avis
au lecteur et à une quantité d'anagrammes,
d'épigrammes et de sonnets qui ne sont pas,
du reste, la partie la moins curieuse du livre ;
nous nous y arrêterons donc un instant.

L'auteur dédie son ouvrage à très haut,
très puissant et très illustre prince monseigneur Henri de Lorraine, comte de Harcourt, etc., etc..... Après un anagramme de
quatre vers au moyen duquel le poëte, qui
nous apprend qu'il était officier de justice
dans la maison du comte d'Harcourt, trouve
dans le nom de son bienfaiteur les mots :
« Hercule, chéri de ton roi, Mars t'adore »,
Barthélemy nous fait un éloge pompeux de
la France « qui a eu la gloire, dit-il, de
ressentir, avec plus d'avantage, les caresses
du ciel que tous les empires de la terre ; et,
ajoute-t-il, ne s'est jamais élevé de puissance contre sa gloire que le ciel, protecteur
de ses intérêts, n'ait à l'instant secondé sa
valeur et secouru visiblement ses nécessités.
La piété a fait l'honneur de la première race
de nos rois, la sagesse de la seconde, la force
de la troisième. »

Peut-être pourrait-on s'inscrire en faux
contre cette dernière phrase qui ressemble

trop à une période d'avocat destinée à cha-
touiller agréablement l'oreille de ses juges ;
on sait du reste qu'au XVIIᵉ siècle ces
messieurs aimaient par-dessus tout les
phrases à effet, quitte à ne pas savoir ce
qu'ils disaient. Quoiqu'il en soit, l'épître dédicatoire continue par l'éloge du comte
d'Harcourt, accompagné de celui du roi, et
cette partie du livre ne sort pas de la banalité officielle ; je n'en dirai donc rien. Je
citerai seulement la péroraison, qui, tout en
n'étant pas la partie la moins bien écrite,
doit nous intéresser particulièrement. La
voici :

« Comme on veut arracher quelques fleu-
rons de la couronne du fils de Dieu, pour les
donner au paganisme, et que ce n'est ici que
l'ouvrage d'un simple advocat, je le viens
mettre à l'abry sous la protection de votre
Altesse que le ciel a destinée pour la protection des Roys ; et comme elle m'a fait
l'honneur de me témoigner plusieurs fois
l'estime qu'elle faisait de la fidélité des sujets au service de leur prince, j'ai cru qu'elle
ne dédaignerait pas le travail, quoiqu'im-
parfait, d'un de ses officiers, puisqu'il se
glorifie d'être habitant d'une ville inviola-
blement attachée au service de ses roys et
dont la gloire lui a mérité cette devise,
qu'elle n'a jamais souillée de la moindre
tache d'infidélité la blancheur de ses lys :
« Candorem liliorum illæsa servavit ». C'est
donc avec cette confiance que je présente à

votre Altesse ce petit ouvrage, comme un
effet de mes humbles reconnaissances et des
témoignages de l'affection que j'ai d'être du
plus profond de mon cœur toute ma vie, etc.»

Après cette épître se trouve une pièce de
dix vers à la louange du chevalier de Lorraine, fils du comte d'Harcourt, qui au mois
d'août 1664, servant dans l'armée impériale,
avait tué un officier turc en combat singulier. Cette pièce prouve que si Barthélemy
savait manier habilement la pointe normande
et la période avocassière, il savait aussi à
l'occasion cultiver la poésie. Viennent ensuite les approbations au nombre de quatre
et signées des docteurs de France et des
docteurs de Flandres; après ces approbations vient le privilège du roi et enfin on
trouve des vers adressés à Barthélemy par
des habitants de Senlis. A ce titre, à ce titre
seulement, ils ont pour nous quelqu'intérêt,
car leur pauvreté sous le rapport des idées
n'a d'égale que leur négligence sous le rapport du style. Les deux premières de ces
pièces sont signées A. de la Ruelle, avocat
à Senlis. Il y avait à cette époque dans notre
ville deux de la Ruelle, avocats, et dont le
prénom commençait par un A : Alexandre
de la Ruelle, sieur du Port, avocat, conseiller au présidial de Senlis; et Antoine
de la Ruelle, avocat, conseiller du Roy et
assesseur en la Prévôté. Ils portaient pour
armes : D'azur à une fasce d'or accompagnée
en chef d'une tour d'argent accostée de deux

besans de même et en pointe d'une hure
de sanglier d'or. Le second, Antoine, portait
pour brisure trois croisettes de gueules sur
la fasce. (Voir l'Armorial général de la
France de 1698; généralité de Paris, Bu-
reau de Senlis; numéros 7 et 8. Manuscrits
de la Bibliothèque Nationale.)

Quel que soit l'auteur de ces vers, il trouve
dans le nom « Nicolas Barthelemy » l'anagramme « l'Aimable chrétien», et il en conclut
que son livre est inattaquable. On voit ensuite
une pièce de vers latins signée : « Claudius
Methelet Sylvanectensis, causarum patronus
et apud marescallos assessor ». Ce Claude
Methelet est sans doute le petit-fils de Jacques Methelet et de Barbe Coulomb, et l'arrière petit-fils de Pierre Methelet et de
Marie de la Barre. On sait que cette famille
Methelet fut fameuse au XVIᵉ et XVIIᵉ siècle
par sa fécondité et que Gillette Methelet,
surnommée la tante au Rôt, dernière fille de
Pierre, et qui mourut le 10 juillet 1579, fit
constater en 1576 par devant notaires qu'elle
avait vu ou pu voir 693 enfants ou descendants de ses frères et sœurs (la généalogie
des Methelet se trouve dans Afforty, p. 3931).
Quoiqu'il en soit, les vers de Claude Mé-
thelet jouent sur un mauvais jeu de mot littéraire; rapprochant Barthelemy de Bar-
thole, il compare son héros au célèbre
jurisconsulte que Dumoulin appelle le
« coryphée des Interprètes du Droit ».

Viennent ensuite plusieurs sonnets et

deux anagrammes où les auteurs François
du Rais (1), avocat à Senlis, et P. de Barry, changent Nicolas Barthélemy en « asile
contre l'abyme » et en « son charitable
miel. » Les trois dernières pièces de la
collection sont signées P. de Barry, Eustache
de Barry et Louis de Barry.

Nous voici donc enfin arrivés au corps de
l'ouvrage de l'avocat Barthélemy ; au risque
d'encourir le reproche d'avoir posé une tête
monstrueuse sur un corps trop petit, je par-
lerai peu de cet ouvrage : dans un travail
critique sur un opuscule de Théologie traitant un point aussi peu important, ce qu'il y
a de plus curieux pour nous qui voyons
cela froidement, à travers deux siècles de
préoccupations tout autres, ce sont les pré-
liminaires; c'est là que l'on retrouve la
vieille société littéraire française avec toutes
ses petitesses : les grandes disputes sur les
minces sujets, et enfin tout ce bagage d'encens et de mauvaise humeur, ce mélange
d'orgueil et de flatterie qu'il serait peut-être
intéressant de comparer à celui des auteurs
de nos jours. C'est surtout dans l'avis au

(1) François du Rais, conseiller et procureur
du roi aux eaux et forêts de Senlis avait pour
armoiries : D'argent à trois bandes de sable, celle
du milieu chargée de trois besans d'or. Je trouve
à la même époque à Senlis trois autres du Rais
qui tous y occupent des positions honorables.
Voyez l'armorial cité plus haut.

6

lecteur que Barthélemy laisse percer ce ton
aigre doux, ironique et respectueux à la
fois, qui a été de tout temps à la mode. Tout
en disant qu' « il vénère trop la main qui a
conduit la plume de cette œuvre (les *Discours ecclésiastiques)* et qu'il a trop de respect pour la vertu et la doctrine éminente
·de l'auteur dont « le but principal et le
terme n'est que le combat des débauches »,
il ne laisse pas d'ajouter « qu'il vient seulement tirer un rideau devant ce plus noble
des astres afin que la violence de ses rayons
n'émousse pas la pointe de nos yeux ».
« Je viens, dit-il, changer en lait le sang de
la mère, dont la couleur aurait effrayé ses
enfants; le temps de la fureur est passé,
pour faire place au règne de l'amour ». Et il
termine en disant : « Quittez donc tout
sentiment de contradiction et d'intérêt et
agréez ce petit travail précipité avec autant
d'amour que vous devez avoir reçu le précédent avec respect ».

Quoiqu'il en soit, le travail de Barthélemy
n'a pas d'autre objet que de prouver l'erreur
grossière où est tombée Deslyons en donnant
au banquet des Rois une origine païenne
tandis qu'il a au contraire une source toute
religieuse et chrétienne. J'ai essayé de faire
comprendre, dans le petit historique placé
en tête de cette critique, quelle était la
véritable origine du festin des Rois. Pour
moi, Barthelemy a complètement l'avantage
sur Deslyons qui, malgré tout le respect que

nous devons avoir pour sa science et sa vertu, s'est ici laissé égarer par des susceptibilités d'intolérance et me paraît s'être complètement trompé. Je n'ennuierai pas le lecteur en lui mettant sous les yeux les raisons plus ou moins bonnes que Barthélemy met au service de sa cause. Je n'ai déjà été que trop long et j'ai hâte d'en arriver à l'œuvre définitive de Deslyons, les Traités du Roy-Boit. D'ailleurs, l'étude de ce livre nous fera connaître nécessairement l'écrit de l'avocat Barthélemy, puisque c'est à l'occasion de ce dernier qu'il fut composé et que l'un n'est que la réponse à l'autre.

VI. Les « Traités singuliers et nouveaux contre le paganisme du Roy-Boit » (tel est le titre de l'ouvrage) furent imprimés en 1670, six ans après les Discours ecclésiastiques dont j'ai parlé plus haut.

Deslyons tire parti de cette circonstance peut-être fortuite pour faire étalage de sa mansuétude qui a su attendre six ans la vengeance d'une injure. Il dédie son livre aux Théologaux de France, ses confrères, qu'il appelle, dans son style imagé, la langue et le bras droit des Evêques. On voit dans cette dédicace que le projet de Deslyons était de faire une série de traités spéciaux sur tous les restes du paganisme qu'il pourrait rencontrer dans l'Eglise, car il invite ses confrères à « ramasser exactement par les

diocèses et par les provinces et à recueillir
en un juste volume, tous les autres abus d'im-
piété qui souillent et déshonorent la religion
chrétienne. Il en faudrait faire, ajoute-t-il,
une espèce de corps, pour le présenter aux
médecins de l'Eglise, afin d'exercer là dessus
leur science céleste et leurs remèdes divins ».
On trouve encore trace de ce projet dans
l'approbation de François de Clermont,
évêque et comte de Noyon.

L'auteur commence sa préface en se plai-
gnant d'une infirmité de poitrine qui lui est
survenue au printemps précédent et qui le
dispense de la prédication. C'est donc dans
cet intervalle, depuis ce moment jusqu'au
commencement de 1670, qu'a été composé le
livre qui nous occupe. Deslyons explique
comment il a été amené à écrire cet ouvrage.
On me permettra de le laisser parler lui-
même :

« J'avais prêché la vérité de J. C., dit-il,
en combattant par mes sermons le paganisme des Saturnales; et je commençais à
me glorifier au Seigneur de ce que la foi de
son peuple avait été assez sage pour em-
brasser la vérité et se défaire de cette vanité.
De sorte que je pouvais dire des fidèles de
Senlis, comme l'apôtre de ceux de Thessa-
lonique, que la réputation et l'odeur de leur
piété était répandue au haut et au loin par
les provinces de France, et particulièrement
dans la capitale du royaume où j'apprenais
qu'elle était citée en exemple par les pas-

teurs de cette grande ville qui fait toute
seule un petit monde... Mais je ne jouis pas
longtemps de cette consolation : je fus surpris de voir paraître un livre contre mes
sermons qui les traitait de critique impor-
tune, de fausses alarmes, de scrupules donnés
mal à propos, de doctrines nouvelles et d'a-
bimes de ténèbres, etc... Enfin, c'était un
plein triomphe sur la simplicité de mon
Évangile ; si ce n'est que trouvant la plupart
de ces injures mises en vers, je les trouvais
aussi plus pardonnables, sachant bien que
les poëtes extraordinaires, qui ne le sont
que par art, et non point par génie, ne
mettent pas toujours en vers tout ce qu'ils y
voudraient bien mettre, et que le plus souvent ils y mettent autre chose que ce qu'ils
voudraient. Je les considérais aussi comme
mes amis, j'ose dire même comme mes frères
ou mes enfants, à qui je donne depuis 30
ans le lait et le pain de la parole évangé-
lique. »

Quoiqu'il en soit, Deslyons met une certaine amertume dans sa réplique. On y sent
le théologien aigri et froissé d'avoir été
attaqué sur son terrain par un laïque; quelque
chose du mépris d'un soldat insulté par un
civil ou de la morgue d'un poëte à qui un
ami consulté a la maladresse de dire que ses
vers n'ont pas le sens commun. Prenant une
à une les phrases de Barthelemy qui lui
tiennent le plus au cœur, le savant chanoine
les retorque par des citations tirées des au-

teurs sacrés et censure impitoyablement l'*Apologie du banquet des Rois* en mettant en regard les éloges que l'Evêque de Senlis, Denys Sanguin, a fait des *Discours ecclésiastiques*. Je ne dirai rien de plus de cette préface, tout y est trop personnel ; c'est un auteur qui dispute contre un autre pour une question de convenance, et Deslyons est malheureusement trop vieux pour que nous puissions prendre grand intérêt à ses querelles particulières. Je sauterai de même par dessus les approbations des Evêques de Châlons, de Senlis, de Noyon ; sur celles des docteurs et même sur celle du R. P. Chastellain, jésuite et missionnaire au Canada, qu'une note nous indique comme étant d'une des premières familles de Senlis (1), pour arriver de suite au corps principal de l'ouvrage, c'est-à-dire aux trois traités contre le paganisme du Roy-boit.

Le premier traité qui tient 126 pages du volume est intitulé : « Du jeusne ancien de l'Eglise catholique la veille des Rois ». Il est divisé en 13 chapitres. L'auteur, dans cette partie de son livre, n'a pas d'autre but que celui de prouver l'antiquité et la nécessité du jeûne de la veille de l'Epiphanie. Il commence par faire une histoire complète de ce jeûne qu'il fait remonter à l'antiquité

(1) La famille Chastellain portait : De sable à un château à 3 tours crenelées et donjonnées d'argent.

la plus reculée; il apporte à ce qu'il avance
un grand nombre de preuves qu'il déroule
dans les 13 chapitres de son traité. Selon la
louable habitude de son temps, il cite à
chaque instant des textes souvent fort longs
et les marges sont émaillées de renvois.
Faire une analyse de cette œuvre serait
dresser un catalogue fastidieux de tous les
auteurs ecclésiastiques qui se sont occupés des
fêtes de l'Eglise, et malgré tout le respect
que nous devons à Deslyons, je me repro-
cherais toujours d'avoir fait connaître à mon
lecteur le sentiment d'ennui que j'ai éprouvé
moi-même en étudiant ce petit livre.

Je me contenterai donc de vous citer la
conclusion du savant chanoine. Vous y
verrez qu'il était loin d'avoir déposé l'aigreur
qui l'animait contre Nicolas Barthelemy.

« En voilà ce me semble assez, dit-il, pour
convaincre les plus incrédules, que bien
loin de pouvoir prétendre que la vigile de
l'Epiphanie soit un jour à banqueter, c'est
au contraire un jour à jeuner, selon l'esprit
et les intentions de la sainte Eglise. Après
quoi on ne peut assez déplorer l'aveugle-
ment et l'orgueil des laïques, qui traitent
ces matières sans science et sans autorité,
jusqu'à s'élever contre leurs Evêques et les
prédicateurs, lorsqu'ils entreprennent d'en
instruire les fidèles et de les purifier par les
doctrines du salut. Ce sont de ces péchés
que l'évangile nomme contre le Saint-
Esprit, qui ne sont remis ni en ce monde,

ni en l'autre, c'est-à-dire qui sont difficilement et rarement pardonnés, parce qu'on ne voit presque jamais en faire pénitence, lorsque l'on s'en fait une fausse gloire. »

Le second traité, divisé en 10 chapitres, est intitulé : « De la Royauté des saturnales remise et contrefaite par les chrétiens charnels en la feste des Roys ».

. Le but de Deslyons est assez clairement indiqué par ce titre. Pour parvenir à ce but, il prend à témoin les gens de lettres de toutes les époques ; et depuis Pasquier jusqu'à Paul Jove, en passant par Hospinianus, Thomas Kirchmaier, Stuckius, Majolus et autres auteurs en *us* de tout pays et de tout temps qui, je l'avoue à ma honte, ne sont pas de mes plus intimes connaissances, il les force, leurs ouvrages à la main, de venir déposer en sa faveur devant l'opinion publique. L'auteur cherche ensuite les principales ressemblances entre les saturnales et le festin des Rois et il en trouve six, à savoir : la conformité du temps, des gâteaux, des cierges, des festins, des assemblées de famille et des étrennes ; enfin, dans tout ce traité, il s'efforce de prouver que le festin des Rois n'est que la fête des saturnales christianisée par quelque cérémonie religieuse, mais non moins coupable que la réjouissance paienne. Il s'attache surtout à établir que les dévotions apparentes dont les bonnes gens du temps passé ont cru relever la dignité des rois et des reines de la fève, ne sont que des enfances ou des amusements de superstition et n'excusent pas les péchés commis en ces circonstances. Dans son dernier chapitre, après avoir dit que le festin des rois n'est qu'un paganisme, il en distingue trois espèces : Le paganisme politique, qui est tout ce qui nous vient des paiens et qui a été inventé dans l'origine pour servir à la malice et au commerce des hommes; le paganisme moral, sous lequel il comprend tous les vices des paiens, « qui estoient, dit-il, leurs différences et leurs propriétés », et enfin le paganisme superstitieux. C'est dans cette dernière catégorie qu'il classe le festin des Rois.

Enfin, j'arrive à la troisième partie de l'ouvrage de Leslyons qui traite de la superstition du Phœbe et de la sottise du Febve. Qu'était-ce d'abord que le Phœbe?

Ecoutons Deslyons lui-même :

« J'en vois, dit-il (page 246), qui s'imaginent que ce Phœbe vient de Phœbus, qui est le nom d'Apollon, ce faux Dieu à qui on attribuait les oracles comme si; s'agissant de cette fête, de donner la royauté des maisons et de la table à quelqu'un, on demandait à cet oracle : qui est-ce de toute l'assemblée qu'il veut déclarer roi. C'est pour cela, disent-ils, qu'on l'appelle par une espèce d'invocation : Phœbe, Domine.

« J'en vois d'autres qui rapportent ce mot aux Febves mêmes, dont on se sert dans la cérémonie du festin des Rois, comme si par corruption de langage on disait : Febœ au lieu de Faboe, en demandant qu'on apporte des Febves; ou bien que l'on présente et que l'on coupe le gateau, pour voir à qui escherra la febve, afin de le déclarer roi.

« Je sais de grands esprits qui pensent avoir le mieux rencontré, quand ils font tomber ce nom sur l'enfant, qui est d'ordinaire employé à cette niaiserie d'enfants; je veux dire à tirer et à donner les parts du gâteau, comme si en s'adressant à lui on voulait dire : Ephèbe, qui signifie un jeune adolescent; j'ai même loué cette belle rêverie dans mon premier opuscule : mais après y avoir bien pensé, je trouve maintenant cette observation la plus mal fondée de toutes. Car, comme c'est d'ordinaire un enfant et le plus petit de la famille par qui l'on fait jouer ce jeu de hasard de la Febve au gateau, il est certain que le terme d'Ephebe, ne convient point à un enfant. Et ceux qui ont tant soit peu de lettres humaines, n'ignorent pas qu'il désigne tout au contraire, celui qui est déjà sorti de l'enfance.

« ...... Mais j'ai reconnu, dit-il enfin plus loin, que Febve n'est pas un nom extrait et dérivé de Phœbus, mais plutôt de la Fève, qui est le terme, l'attribut, le sujet principal de toute la cérémonie, ou pour mieux dire, de la débauche ou de la superstition. Cela s'appelle donc, *faire le Febvé*, c'est-à-dire la réjouissance et la royauté de la Febve, comme on dit par exemple en bon gaulois, *faire le voisiné,* pour marquer tout le commerce d'amitié qui est entre les voisins, ou *faire le raisiné,* pour dire une composition faite de raisins : et ainsi d'autres semblables noms dérivés et composés, dont je laisse aux grammairiens et aux poëtes à discourir dans l'académie. »

C'est donc sur le Phœbe que roule le troisième traité de Deslyons ; il le condamne, bien entendu, comme le *nec plus ultra* de la superstition, et il s'efforce de prouver que jamais auteur n'a parlé du Phœbe comme étant une cérémonie chrétienne et qu'au contraire elle a été condamnée par tous les écrivains ecclésiastiques. Il ajoute que ce n'est là qu'un reste de ces abus, dont les Eglises particulières ne sont que trop capables. A ce propos, il cite des exemples de superstitions et de coutumes païennes tirés de l'histoire ecclésiastique. Il s'étend surtout sur certaines particularités étranges de la fête des Fous et conclut en donnant à ses lecteurs de paternels conseils sur la manière de célébrer la Fête de l'Epiphanie.

Telle est l'œuvre définitive de Deslyons ; au total, ce livre est beaucoup plus lisible que les Discours ecclésiastiques, où il est assez difficile de suivre l'auteur dans un labyrinthe de prosopopées et de figures de toute sorte qui ne sont peut être dues qu'à l'époque où vivait notre chanoine, mais qui, dans tous les cas, fatiguent singulièrement le lecteur de nos jours.

En résumé, les Discours de Deslyons, la Réponse de Barthélemy et le Traité du Roy-boit soulèvent une question curieuse et montrent le XVII⁰ siècle sous un point de vue sinon nouveau, du moins toujours utile à étudier; mais ces ouvrages sont par eux-mêmes peu intéressants et on pourrait justement reprocher à leurs auteurs d'avoir trop longuement écrit sur un sujet aussi peu important. Puisse le lecteur ne pas me reprocher d'avoir abusé dans cette note critique de mon droit d'imitation!

VII. Avec son esprit réformateur — pour ne pas dire frondeur — et sa piété un peu mystique et très certainement intolérante, il n'est pas difficile de comprendre que Jean Deslyons se soit laissé séduire par les doctrines du Jansénisme, qui prétendaient opposer le vrai rigorisme chrétien à la morale relâchée des Jésuites. Il est même bien à craindre que les écrivains qui, de nos jours, ont à apprécier notre Doyen, se laissent parfois aller à le juger d'après leurs préjugés actuels et ne parlent qu'avec regret de sa vertu « malheureusement entachée de Jansénisme (1) ». Je me garderai bien, pauvre laïque que je suis, de me mêler de ce qui ne me regarde pas, et de mettre ma main, comme on dit vulgairement, entre l'arbre et

(1) *Com. Arch. de Senlis*, 1879, p. 272.

l'écorce, dans une question que je considère, du reste, avec la plus parfaite indifférence. Mon seul but, dans ces causeries, est de colliger des notes, de rassembler des documents patiemment recueillis, et si parfois je soulève malgré moi des questions, mon intention très formelle est de laisser à d'autres le soin de les résoudre.

Je ne puis cependant m'empêcher de dire ici que si Deslyons subit l'influence des doctrines jansénistes qui devinrent bientôt, pour un instant, le drapeau des libertés gallicanes, il ne fit qu'imiter en cela les hommes les plus vertueux et les plus savants de son siècle. Sans parler des Arnauld et de toute la fameuse pléïade qui les entourait, et pour ne citer qu'un exemple pris dans notre pays même, l'évêque de Beauvais, le sage et inflexible Nicolas Choart de Buzenval, n'était-il pas, dans son diocèse, le principal pivot de la résistance aux empiètements de la Cour de Rome et des Jésuites ? L'illustre Godefroy Hermant, chanoine de Beauvais, n'était-il pas leur adversaire le plus déclaré ? Et avec lui les deux vicaires généraux Claude Tristan et Nicolas Lévesque, l'official Guillaume Cardinal, l'archidiacre Roger de Bridieu, les chanoines Eustache Fleuret, Henri de Creil, etc., etc. ? Et il en était de même à Noyon. Il n'y a donc rien d'étonnant à ce qu'avec tant de ses collègues de Sorbonne, Deslyons ait refusé de souscrire à la condamnation d'Arnauld et des Jansénistes

et qu'il ait été compris dans la proscription
de 1656. Il se retira alors complètement à
Senlis ; mais il ne s'absorba pas tellement
dans sa pratique des bonnes œuvres et les
différentes fonctions de son ministère qu'il
ne continuât de chercher les moyens de réconcilier les deux partis qui déchiraient
l'Eglise de France.

Un de ses correspondants principaux paraît
avoir été le célèbre théologien Jacques de
Sainte-Beuve, son collègue à la Sorbonne et
tout à fait son contemporain. Il y eut dans
tous les cas, entre eux, échange de lettres en
1660, et je possède dans ma collection la réponse que fit Sainte-Beuve à son collègue de
Senlis. Cette lettre est d'un homme qui veut
la conciliation, mais aussi avant tout d'un
honnête homme ; Sainte-Beuve s'y peint
malgré lui comme un modéré, évitant aussi
bien les opinions outrées que les compromis
de conscience.

D'un autre côté, la lettre de Jacques de
Sainte-Beuve éclaire d'une façon intéressante les négociations auxquelles Deslyons
prit part à cette époque tourmentée; je crois
donc ce document, jusqu'ici inédit, tout à
fait digne d'être mis au jour et je le publie
in-extenso, sans autres commentaires :

            « 29 Avril 1660.

    « Monsieur,
    « Je ne suis pas fort instruit touchant les
desseins de M. Arnauld, et il n'a jamais

demandé mes advis, ny suiuy mon sentiment.
Il a publié sa 2ᵉ lettre nonobstant la résistance que j'y ay apportée. Il n'a pas voulu
s'explicquer dans le temps des assemblées
en la manière que je le souhaitois ; et qui
n'estoit autre, que de déclarer, qu'il n'auoit
auancé sa proposition, qui est celle de Saint-
Chrys (*sic*) et de Saint-Augustin, que pour
faire entendre que la grâce efficace par elle-
mesme nécessaire à chaque bonne action a
manqué à Saint-Pierre : et que, pour la
grâce suffisante, sçavoir si les iustes qui
n'ont pas l'efficace, ont ceste grâce, ou ne
l'ont pas, qu'il s'en rapportoit à la Faculté.
Depuis je n'ay point eü d'habitude avec P.
R. (Port-Royal) ; et vous scavez, monsieur,
de quelle manière ils se sont comportez,
quand après auoir fait les fonctions de supérieur soubs l'authorité de M. de Paris dans
un temps auquel les Grands Vicaires n'osoient
aller dans ceste maison de peur de déplaire
à la Cour ; ayant pris la conioncture de la
promotion de M. de Toul, ils ont fait M. Singlin leur supérieur, ne m'en parlant pas
seulement. Jugez de là, si je peux quelque
chose sur l'esprit de M. Arnauld, et sur ses
amis. J'ay appris qu'il a escrit à Rome à un
des chappelains du Pape amy de M. d'Angers (1), qui auoit mandé à ce Prélat estre
faché de ce qu'il auoit un frère hérétique, et
qui depuis a escrit qu'il estoit bien aize

(1) Henri Arnauld, évêque d'Angers.

d'auoir appris, qu'il estoit catholique, mais qu'il n'estoit pas assés soubmis (1). C'est de M. Girard que je scay ceste histoire qui lui a esté racontée par M. Singlin. On a parlé d'accomodement il y a 8 mois. M. de Cominges s'en mesloit, et il auoit quelque correspondance avec M. de Saint-Nicolas du Chardonnet et autres de ce mesme esprit. J'en dis ma pensée qui estoit, que si M. le Cardinal le vouloit, on s'accommoderoit en moins d'une heure : mais s'il ne le vouloit point, qu'on ne s'accommoderoit iamais. M'ayant demandé de quelle manière j'estimois qu'on pouvoit s'accommoder, je luy dis, qu'il ne faloit point parler du formulaire, parcequ'il n'auoit point esté reçeu, et qu'il n'auoit pas deu l'estre, l'assemblëe du clergé n'ayant pas ce pouuoir pour obliger en France, et à plus forte raison dans l'Eglise universelle, où la foy estant la mesme en tout lieu, il ne peut y avoir qu'un formulaire de foy qui procède d'une authorité aussi estendue qu'est l'Eglise; autremént il pouuoit y auoir autant de formulaires que de prouinces ou de nations. Ainsi qu'il n'y auoit que la Constitution du Pape qui pouuoit estre considérée à l'égard de tous, et la censure à l'égard des Docteurs. Que pour la 1ʳᵉ je ne voiois personne qui ne la reçeut avec respect :

(1) Voir toutes ces lettres aux années 59 et 60 des *Lettres dc M. Arnauld*, dans la collection de ses œuvres.

ce qui deuoit suffire à tout esprit raisonnable, un chacun demeurant d'accord de la question de droit, et pour celle de fait voulant estre dans l'obéissance et le silence, qui est tout ce qu'on peut demander, puisqu'il n'y a aucune puissance sur la terre, mesme du concile général, qui soit infaillible dans le fait, et que nulle puissance faillible ne peut obliger au faux. Aussi que le Pape n'a point commandé, qu'on croye que les propositions soient de M. d'Ipres (1), mais qu'il a défendu, qu'on soustienne le contraire de sa définition seulement Toutefois, que je ne ferois point de difficulté de souscrire à ceste constitution, quoy que ces soubscriptions n'ayent jamais esté demandées qu'à des hœrétiques ou à des suspects, et que je ne le puisse estre, ayant comdamné plus de deux ans auparavant la constitution d'Innocent X, les 5 propositions, et dans ma chaire, et dans l'assemblée de la Faculté, comme mes escrits, et les Registres en font foy : car j'ay appris de Facundus, qu'il faut quelquefois pour le bien de la paix que les défenseurs de la foy facent les premiers pas : ce que cet autheur prouue par Saint-Cyrille qui fit l'explication de ses Anathematismes. J'adjoustay que je n'estois pas asseuré si tous voudroient signer, et que je parlois seulement de ma disposition particulière. A l'égard de la censure, je dis que sans m'arester sur ce qu'elle n'auoit point

(1) C. Jansénius, évêque d'Ypres.

esté faite dans les formes, qu'on y auoit condamné une proposition des Pères, d'hérésie ;
un confrère comme coupable d'auoir escrit
une hœrésie, et taxé beaucoup d'autres de la
Faculté comme infecléz de ce venin : qu'il
seroil, toutefois, aisé de se réconcilier pour-
ueu que ceux qui font présentement la Faculté, déclarent n'auoir prétendu donner
par leur censure aucune atteinte à la doctrine de l'eschole de Saint-Thomas touchant
la nécessité de la grâce efficace : ou qu'ils
soufrent que nous rejettions ceste exception
et que M. Arnauld s'explique : car il le feroit
sans doute d'une manière que ses ennemis
ne pouront censurer. Cet entretien fut sans
effect. Depuis on a parlé aussi inutilement.
Mais depuis peu on dit hautement que M. le
Cardinal nous veut accommoder. M. Morel
l'a dit en salle sans estre en cholère, et un
chacun paroist extérieurement en estre bien
aise, à la réserue peut-estre d'un petit nombre
de fort zélez, et dont quelques uns ont l'esprit de la trempe du feu P. Ygonet, que vous
sçauez auoir rendu l'esprit en escriuant
contre la grâce de J. C. six mois auant que
de rendre l'âme. Je ne sçay rien dauantage,
sinon qu'il ne faut point faire d'auance, et
qu'il faut attendre qu'on nous demande
quelque chose : car comme nous auons à
faire à des gents qui ne vueillent point de
réconciliation, ils voudront de nous toute
autre chose que ce que nous pourions proposer. Cela a paru, puisque nous ayant

pressez pour soubscrire à la censure, quand
ils ont veu qu'il y en auoit qui n'en faisoient
plus de difficulté, ils ont eu recours à l'authorité Royalle pour les en empêcher. J'ay
esté fort blasmé de mes amis d'auoir proposé
la soubscription à la Constitution, et l'interprétation de la censure : car on m'a dit, que
comme nos adversaires ne creignent rien
tant que la paix, ils ne voudront jamais se
contenter des propositions iustes et raisonnables. Quoy qu'il en ariue, j'ay creu bien
faire en faisant cognoistre le fonds de mes
pensées. Vous en jugerez. On a dit ici que
M. Arnauld a escrit à S. E. : mais cela ne se
trouve point véritable. Je voudrois qu'il
l'eust fait : et un très grand magistrat (1) a
dit en confidence à un sien amy particulier,
que c'estoit le véritable moyen de paix. *Si
quid nosti melius, loquere* à vostre très
humble et très obéissant

« SAINTE-BEUFVE. »

« J'oubliois de vous dire que M. de Sainctes
avec quelques autres de l'Assemblée, pré-
tendoit faire nostre accommodement : qu'il
y a des prélats qui s'en mocquent, et que
depuis que ce qui (*sic*) s'est fait à Pontoise
montre qu'il n'y a rien à espérer de ce costé-
là. Et que d'autres croyent que M. le Cardinal
sera bien aise d'auoir la gloire de le faire
plustostost (*sic*) que l'assemblëe : mais on

---

(1) Le « très grand magistrat » ne serait-il pas
Lamoignon et le « sien amy » Godefroy Hermant ?

parle qu'il fera assemblée d'Euesques **et**
d'autres personnes. Je me défie de ces sortes
d'assemblëes. »

    « A Monsieur
  « Monsieur Deslions, Doyen et Théologal
   « de l'Eglise de Senlis, Docteur **de**
   « Sorbone », « à Senlis. »

  (Cachet de cire rouge avec monogramme).

 Les sentiments exprimés dans cette lettre
énergique n'empêchèrent pas Jacques de
Sainte-Beuve de se démettre de la chaire
qu'il occupait avac tant d'éclat comme professeur royal de théologie, et d'être forcé,
comme tant d'autres, au grand scandale de
ceux des Jansénistes qu'on appelait les *géné-*
reux, de signer le formulaire imposé par le
Roi au nom du Pape. « Il y a dans les disputes » — dit un autre Sainte-Beuve qui,
peut-être par sympathie pour cet arrière-
oncle lointain, s'est fait l'historien de Port-
Royal (1), — « il y a dans les disputes un

----

(1) Sainte-Beuve l'académicien appartenait,
comme le théologien, à une famille normande qui
tirait son nom du petit village de Sainte-Beuve
(Seine-Inférieure). Il me sera bien permis d'ajouter
qu'il en est de même de la famille du même nom,
si honorablement connue dans l'arrondissement
de Senlis, à qui elle a donné, en 1848, un député
libéral, prématurément enlevé à la politique par
le 2 décembre, et à l'affection des siens par un
affreux accident de cheval qui le tua, à trente-six
ans, le 8 mai 1855.

moment où il faut en finir ; eut-on raison au point de départ sur un fait particulier, il faut s'arrêter sous peine d'errer en outrant la poursuite. Cela est surtout vrai dans les disputes de religion, quand on est catholique et qu'on veut demeurer tel..... Le docteur de Sainte-Beuve l'avait senti et se conduisit en conséquence... (1) ».

Ce savant et honnête homme mourut en 1677, à 64 ans, dans une retraite studieuse où venaient le chercher tous ceux, évêques, prêtres ou laïques, qui avaient quelque tourment de conscience ou quelque différend théologique à apaiser. Deslyons lui survécut plus de vingt ans, étant mort seulement, comme on le sait, le 26 mars 1700, à l'âge de 85 ans.

VIII. Voici par ordre de dates, les œuvres imprimées de Deslyons dont le catalogue complet n'a pas encore été donné, que je sache, ni dans le *Comité Archéologique de Senlis*, ni dans les *Biographies* :

1º *Oraison funèbre du roi Louis XIII*, prononcée à Pontoise en 1643. Paris, chez Jean Le Mire, rue Saint-Jacques. In-4º (1643). (Cfr. *Com. arch. de Senlis*, 1862-63, p. 26).

(1) *Port-Royal*, in-8º, Paris, 1860, tome IV, p. 70.

2° *Enlèvement de la Vierge par les Anges,
Homélie preschée le jour de son Assomption
en l'église cathédrale de Senlis...* A Paris,
chez Charles du Mesnil, rüe Saint-Jacques à
la Samaritaine près Sainct-Yves (1647)
in-12. M. Vattier (1) a donné une note sur
ce sermon. Deslyons y traitant de superstitions, de charmes et de sortiléges, le chapelet, les petits offices, etc., l'évêque Nicolas
Sanguin le censure le 28 septembre suivant.
Le Théologal appela de cette censure, et,
après une longue procédure, il convint, le
3 août 1650, de donner des éclaircissements.
Le sermon fut donc réimprimé avec les
pièces du procès sous le titre de : *Défense de
la véritable dévotion envers la Sainte-
Vierge contenue dans le Recueil des pièces
suivantes, etc.* Paris, 1651, in-4°.

3° *Lettre ecclésiastique touchant la sépulture des prestres,* s'ils doivent être enterrés
le dos tourné à l'autel et la face vers le peuple, selon le nouveau rituel romain. Imprimée en mai 1662. Dans cette lettre, Deslyons
prouve qu'il n'est pas d'usage ancien dans
l'Eglise d'enterrer les prêtres autrement que
les simples fidèles.

L'abbé de Saint-Cyran ayant répondu à
notre doyen, celui-ci publia (en mars 1672)
une Réplique.

4° *Deux lettres de M. Deslyons à M. Ar-*

---

(1) *Com. arch. de Senlis,* 1877, p. 25.

nauld, l'une du 29 juillet 1663, l'autre du 10 août suivant. Nous avons parlé plus haut de ces lettres. Elles sont imprimées dans le second volume des *Lettres de M. Arnauld*.

5° *Discours ecclésiastiques contre le paganisme du Roy-Boit, etc.* Paris, 1664. (Voir plus haut, n° III).

6° *Traités singuliers et nouveaux contre le paganisme du Roy-Boit, etc.* Paris, 1670. (Voir plus haut, n° IV).

7° *Oraison funèbre de Très haute et Très puissante Dame Diane-Henriette de Budos, duchesse de Saint-Simon*, prononcée à ses obsèques en l'église cathédrale de Senlis, le 19 décembre 1670. Paris, 1671, in-4°.

8° *Joannis Deslions*, Beatæ Mariæ Silvanectensis Decani, *de sancti Reguli historia et adventu in Gallia* dissertatio, an. 1672. Imprimé parmi les preuves de l'Eglise de Senlis dans le *Gallia Christiana*.

9° *Discours à M. François Rouxel de Mesdavy*, archevesque de Rouen, prononcé le 24 septembre 1673 et imprimé ou plutôt réimprimé en 1694.

10° *Joannis Deslyons* Decani Silvanectensis *ad Hadrianum Valesium Epistola de Origine Silvanectum* 1675. Imprimé dans le *Gallia Christiana*, comme le n° 8 ci-dessus, avec la réponse de M. de Valois.

11° *Quid? et Unde Silvanectum?* et

12° *De Silvanecto*, ex Claudio Roberto.

Ces deux pièces se trouvent également dans les preuves de la première partie du *Gallia Christiana*.

13° *Réponse de M. Deslyons*, docteur de Sorbonne, *aux lêtres de M. Arnauld*, aussi docteur de Sorbonne, imprimées et produites par maistre Jean Gontin, Dauphinois, curé de Saint-Hilaire de Senlis, pour servir au procès pendant en la Tournelle, pour François Deslyons, escuyer, sieur de Theuville (1) et ses enfants, demandeurs et intimés, contre le dit Gontin et Robert Tarteron, notaire (2), prisonniers ès-prisons de la conciergerie et Fabry, sollicitateur, accusés et appelans. Un factum in-fol. Paris, 1684.

Il s'agit d'un procès entre la nièce du Doyen et son père. Deslyons accuse positivement Arnauld d'avoir favorisé les mauvais procédés de cette nièce. Arnauld ne répondit

---

(1) Theuville est à 16 kilomètres de Pontoise.

(2) Nous ignorons complètement si ce Robert Tarterou a quelques rapports de famille avec des Tarteron qui, presqu'à la même époque, siégeaient à la Chambre des Comptes (Voir l'*Armorial de la Chambre des Comptes*, de M¹¹ᵉ Denys ; publié par le Comte H. Coustant d'Yanville. Lyon (Perrin), in-folio). Cette famille de Tarteron compte encore des représentants ; une de ses branches, celle des Tarteron, comtes de Monthiers, s'est même fixée à Senlis vers le commencement de ce siècle.

pas alors ; mais quelques-uns de ses amis se
chargèrent de le justifier en 1692, et plus
tard, l'abbé Goujet, chanoine de Saint-Jacques de l'Hôpital, à Paris, reprit la même
polémique, dans sa *Bibliothèque française.*
(Paris, 1740-56).

14° *Eclaircissement de l'ancien droit de
l'Evêque et de l'Eglise de Paris sur Pontoise
et le Vexin françois,* contre les prétentions
de l'Archevêque de Rouen et les fausses
idées des Aréopagistes, avec la réfutation du
livre intitulé : Cathedra Rothomagensis in
suam Diocesanam Pontesiam.... A Paris,
chez Maurice Villers, 1694. In-8. — Livre
très savant et très curieux contenant une
carte (qui doit se trouver p. 82) et deux figures de sceaux (pp. 91 et 309). On peut en
rapprocher les ouvrages suivants, que je cite
à cause de leur extrême rareté, d'après le
Catalogue de la Bibliothèque du marquis
Le Ver (Paris, 1866), nᵒˢ 1656-1659 : Histoire véritable de l'antiquité et prééminence
du vicariat de Pontoise et du Vexin le François, servant de réponse à l'histoire supposée
de son origine et de sa fondation. Paris,
J. de La Varenne, 1637, pet. in-4°. — Factum pour les échevins et habitants de
Pontoise, appelans comme d'abus, et demandeurs contre messire Jacques-Nicolas Colbert, archevêque de Rouen ; 16 pp. in-fol.—
Arrest de la Cour du Parlement de Paris,
par lequel Mgr l'Archevesque de Rouen est
maintenu dans la juridiction pleine et en-

tière sur la ville de Pontoise et le Vexin
François. Rouen, 1694. — Histoire de l'origine et fondation du vicariat de Ponthoise
(par Guy Bretonneau, pontoisien). Paris,
1636, in-4°,

15° *Réponse de M. Deslyons*, doyen de
Senlis et de Sorbonne, *à un de ses amis*, du
1er août 1697; l'auteur y donne son approbation à la Théologie des mystiques. Cette
lettre est imprimée à la suite de celle de
Fénelon au Pape à l'occasion de son livre :
Explication des maximes des Saints sur la
vie intérieure. On sait que cet ouvrage
ascétique fut condamné et causa la disgrâce
de l'illustre archevêque de Cambrai. Sa publication donna naissance à un grand nombre d'écrits pour ou contre, dont l'ancien
catalogue de la Bibliothèque Nationale
(Théologie, II, p. 373-383) donne une liste
étendue.

16° *Lettre de M Deslyons à M. de Bragelongne*, 1698, in-4°. Cette lettre est relative
à l'introduction de la musique et des instruments dans les cérémonies lugubres de la
semaine sainte. M. de Maricourt a parlé de
cette polémique dans le *Comité archéologique de Senlis*, 1862-63, p. 30.

La même année parut (in-8') sur le même
sujet, une « Critique d'un docteur de Sorbonne sur les deux lêtres de MM. Deslyons,
ancien, et de Bragelongne, nouveau, doyens
de la cathédrale de Senlis. »

17° *Epitre Apologétique pour le jeûne la veille de la Pentecôte*, à M. l'Evêque de Chartres, sans date, et

18° *Lettre au R. P. Pierre Chastelain*, missionnaire au Canada, de la Compagnie de Jésus, également publiée sans date. Cette dernière pièce est une apologie des Missions (1).

En dehors de ces ouvrages imprimés, on trouve dans les Bibliothèques publiques et particulières des Homélies, des Discours et des Lettres de Deslyons, sans parler d'un grand nombre de fragments historiques.

La Biographie Michaud cite notamment son « Testament, pièce assez considérable » et dit, d'après Niceron, que cette pièce, et d'autres encore, également manuscrites, étaient conservées, avant la Révolution, dans la Bibliothèque du Prieuré de Saint-Maurice de Senlis. — Cette Biographie ne cite, d'ailleurs, que six des œuvres imprimées de Deslyons; on voit combien notre liste est plus complète.

M. Amédée Margry a signalé au *Comité*

(1) Cfr. Dupuy : *Ant. Eccles. du XVII* siècle. Tabl. génér.* T. II, col. 2599. — Niceron : *Mém. des Hom. Ill.* T. XI, p. 322, 323. Tome XX, p. 31. — *Gall. Christ.* T. X, col. 1453 et 1463. — *Dict. de Moréri.* T. IV, p. 124 et 125. Ed. de 1759. — Le Long : *Bibl. hist. de la France.* T. IV, n° 22138**; éd. de 1775.

archéologique de Senlis (1880, p. XVII)
deux manuscrits de Deslyons dont l'un est
l'original de la « Lettre ecclésiastique sur la
sépulture des prêtres, » et ne présente par
conséquent, qu'un intérêt d'autographe,
tandis que l'autre, qui ne comprend pas
moins de 962 pages cotées, contient des pensées diverses de notre savant et vertueux
doyen. M Margry se proposant, si j'en crois
les procès-verbaux des séances, de publier
de nouveaux documents sur Deslyons, je me
permets de lui signaler un manuscrit qui est
sans doute le plus important de tous ceux
laissés par le savant théologal. Je veux parler de ses « Journaux » depuis 1653 jusqu'à
1671, dont l'une des copies est suivie d'une
« lettre de M. Arnauld » (1). Il serait facile,
sans doute, de trouver dans ces documents,
d'intéressantes contributions à l'histoire
ecclésiastique et senlisienne du XVII° siècle.

---

(1) « *Journaux de M. Deslyons de* 1653 *à*
1671, » Bat. 160. — « *Journaux de M. Deslyons,
suivis d'une lettre de M. Arnauld.* » Sorb.
1258.

III

Promenade dans les Rues de Senlis.

Pour reposer le lecteur bénévole de l'excursion peut-être un peu fatigante que ma seconde causerie l'a forcé de faire en terre théologique, je veux aujourd'hui lui proposer une autre promenade moins sérieuse dans les rues de notre bonne ville de Senlis. Non pas que j'aie la moindre prétention, après M. l'abbé Müller, de venir méthodiquement parcourir notre petite cité et reconstituer pas à pas les origines de ses différentes parties ; je ne pourrais, le plus souvent, que répéter ce qu'il a dit — et je cherche autant que possible à ne pas marcher dans les plates-bandes d'autrui ; mais, quelles que soient les recherches faites, il y a toujours à glaner en pareille matière, et ce sont de simples glanes que j'apporte aujourd'hui.

I. Le vieux beffroi de Senlis s'élevait sur l'emplacement actuel de la place de la Halle, au carrefour formé par cette longue place et la rue Saint-Jean.

« Au milieu de ladite ville, disait Jehan Mallet (1) au XVI⁰ siècle, il y a une grosse tour carrée, qu'on nomme le Beffroy, lieu de forteresse où l'on souloit (avait coutume) mettre les prisonniers et malfaiteurs de ladite ville ; et y est l'horloge et cloche, de quoi l'on sonne les assemblées, le tocsin et l'effroi : assise entre l'étape au vin, marché au blé et halle à vendre le poisson de mer autrement appelée la Harengerie, qui a été démolie de notre temps. »

C'est ce beffroi qui était le symbole des libertés municipales. En 1319, la commune fut supprimée y compris « le beffroy et la Cloche » (beffredus et campana).

_____

(1) *Monuments inéd. de l'Hist. de France*, pub. par Adhelm Bernier, p. 399.

En 1322, le roi Charles-le-Bel rendit aux habitants de Senlis le privilège du beffroi, savoir « la petite cloche à l'aurore, etc., et la plus grande dans le cas de nécessité, incendie, *melleye* (mêlée), etc., et du consentement du prévôt. »

Les cloches du beffroi étaient au nombre de quatre : la plus grosse avait cinq pieds de diamètre (1).

Il est bien regrettable que le beffroi de Senlis ait disparu ; peut-être gênait-il un peu la circulation, mais il eut été aussi facile de faire de l'air autour que de le démolir lui-même, et d'après les renseignements que j'ai pu me procurer, il n'était pas dans un état de délabrement tel que la ville n'ait pu le conserver à peu de frais.

Le regret que j'exprime ici, a du reste, été *officiellement* partagé. Voici, en effet, ce que nous lisons dans un « Rapport au Conseil municipal sur les Rues de Senlis », rapport paru dans le *Journal de Senlis* du 11 janvier 1868, et signé des noms si compétents de MM. le président Vatin, Vernois et Cultru (père).

« Nous regrettons seulement la disparition de ce pittoresque beffroy qui dominait tout ce quartier, et dont le bourdon avait annoncé tant d'événements heureux ou glorieux pour notre ville; c'était, au surplus, le symbole

(1) Cfr. Afforty, XVII, 524, 526, et le *Comité archéol. de Senlis* 1880, pp. 4 et 5.

des vieilles libertés de la commune, et, à ce titre, ce vieux monument avait un prestige historique dont le souvenir au moins doit être conservé ; le carrefour auprès duquel il s'élevait pourrait être désigné sous le nom de Carrefour du Beffroy. »

Le beffroi de Senlis était une haute tour carrée couronnée d'un toit à quatre pentes ; et il était déjà ainsi à la fin du XIV° siècle, ainsi qu'il est facile de le constater par un devis de réparations de « plommerie » à faire à notre beffroi en 1392, devis publié par M. J. Flammermont dans le *Bull. du Comité archéol. de Senlis*, 1875, p. XCI.

Dans le même *Bulletin* (1880, p. 14), M. Müller nous apprend qu'un habitant de Senlis, appelé Nicolas de Beauvais, avait fait en 1608, pour l'hôtel-de-ville et pour le beffroi, des horloges « ayant plusieurs apaux par lesquels était chanté les hymnes et proses que l'on chante à l'église. » Voilà un précurseur de M. Vérité, également de Beauvais, sur lequel il serait peut-être intéressant de faire des recherches dans les registres municipaux.

J'avais vainement tenté de retrouver quelque dessin représentant le beffroi de Senlis, aucune reproduction gravée ou lithographiée n'en existant, à ma connaissance, lorsqu'un vénérable habitant de Senlis, dont tous les hommes de ma génération se souviennent certainement, M. le général baron d'Avrange du Kermont, qui avait vu le beffroi debout et qui en possédait un croquis, voulut bien, avec son obligeance habituelle, m'en procurer une copie.

Je donne ici une reproduction de ce dessin, et c'est surtout pour le signaler aux antiquaires senlisiens que j'ai parlé ici du vieux beffroi disparu; je m'empresse donc de passer à d'autres sujets sur lesquels ma besace est plus riche en documents.

II. Les Senlisiens dont les souvenirs remontent comme les miens, à une quarantaine d'années en arrière, se rappellent sans doute un hôtel qui existait à cette époque, à deux pas du beffroi, dans la maison occupée depuis par M. Audy, et qui portait au-dessus de sa porte ces mots : *A la Truite-qui-file*. Cet hôtel avait remplacé une vieille maison qui s'appelait, de son vrai nom, la Truie-qui-file, et on avait cru rendre l'enseigne plus spirituelle ou plus compréhensible en la modifiant de la façon que je viens de dire. Cette transformation remontait même au XVIe siècle, s'il faut en croire un document officiel (1). Mais ce document nous parait fautif et peut-être n'y a-t-il là qu'une erreur d'impression. En effet, nous dit M. Müller dans le *Bull. du Comité archéol. de Senlis,*

---

(1) Voir Rapp. au Conseil municipal sur les rues de Senlis, dans le *Journal de Senlis* du 11 janvier 1858.

1878, p. 101 « l'on trouvait, *en 1508 et
1522*, dans le voisinage (du belfroy) les
hôtels..... de la Truie ou de la Truye-qui-
file, enseigne fréquente et grotesque qui
dégénéra à Senlis en Truite-qui-file... », et
au bas de la page, nous trouvons une note
constatant qu'en 1689-91, cette maison s'appelait encore la Truie-qui-file. Elle tenait
aux hôtels du « Coq » et au « Gournault »
ou « Grenault » (1).

On sait qu'au moyen-âge presque toutes
les maisons portaient des enseignes, ce qui
ne voulait nullement dire qu'elles fussent
des hôtelleries. Ces enseignes remplaçaient
tout bonnement les numéros qui n'existaient
pas alors, et il faut avouer qu'au point de
vue du pittoresque, le passant n'y perdait
rien ; beaucoup de ces enseignes étaient des
plus curieuses et la « Truie-qui-file » était
certainement une de celles qui peuvent exercer
à bon droit aujourd'hui la sagacité des chercheurs. Nous allons donc nous y arrêter un
instant.

Disons d'abord que la « Truie-qui-file »
était fort répandue.

On la voyait — et on la voit encore, sans
doute — à Dijon, près de la place Mari-
mont ; à Lyon, au coin de la rue du Palais-
Grillet et de la rue Tupin ; à Tours, dans la
Grande-Rue (aujourd'hui rue du Commerce),

(1) *Com. arch. de Senlis*, 1879, p. 400.

en face le « Bœuf couronné » (1), et dans
beaucoup d'autres villes du centre et du
midi de la France.

Plus près de nous, à Soissons, il y avait —
si l'on en croit de vieux actes notariés (2) —
un hôtel de la Truye-qui-file, dans la rue qui
conduisait de la Grosse-Teste à l'Estappe
(rue Saint-Nicolas et des Raatz) ; plusieurs
paticiers habitaient cette rue dans la seconde
moitié du seizième siècle.

Mais la plus fameuse Truie-qui file était
sculptée à Paris contre une maison du Marché aux Poirées, près des Halles. « Tous les
ans, à la mi-carême, les garçons de bouti-
ques forçaient les apprentis nouveaux chez
les marchands et artisans des Halles à bai-
ser le groin de la Truie ; et l'on essayait de
leur cogner le nez contre celui de l'animal.
Lorsqu'ils accomplissaient sans défiance
cette cérémonie singulière, tout le restant du
jour ce n'était que ripailles et ivrogneries
dans les tavernes avoisinantes (3).

(1) Désiré Monnier : *Traditions populaires
comparées* (Paris, 1854), page 506. — *Bulletin
monumental*, 1876, p. 820. — Cette maison de la
Truie-qui-file, de Tours, fut adjointe en 1472 et
1478 à celle où était établie, depuis 1467, la municipalité, ou comme on disait alors dans cette
ville, le *Tablier*.

(2) Cités par M. Suin, dans *Bull. de la Soc.
archéol. de Soissons*, tome XII (1858), p. 109.

(3) Am. de Ponthieu : *Légendes du vieux
Paris*, 1867, p. 241.

Il ne manqua, du reste, aucune gloire à la Truie-qui-file parisienne, pas même celle de faire un martyr. En effet, l'histoire rapporte qu'un malheureux saltimbanque, nommé Gillet-Soulart (1), s'étant avisé, en 1446, de montrer à Paris une truie qu'il avait dressée à s'asseoir et tenant une quenouille d'un pied, à manier son fuseau de l'autre, le prévôt de Paris, persuadé qu'il y avait dans ce tour d'adresse et de patience une intervention diabolique, fit le procès du malheureux. Il fut condamné à être brûlé vif, lui et sa bête, et fut exécuté à Corbeil, victime de l'ignorance et de la crédulité de ses juges (2).

Il eut été traité sans doute moins sévèrement cent ans plus tard ; les contemporains de Rabelais, quoique non moins féroces à l'occasion dans leurs querelles religieuses ou politiques, se montraient plus sceptiques sinon plus tolérants ; pour les lettrés tout au moins, le symbole de la Truie-qui-file n'était plus alors que l'image d'une chose ridicule ou impossible. « Il t'advient (te convient) à les attaquer, comme une truie à dévider de la soie », dit quelque part Béroalde de Verville, dans son *Moyen de parvenir* (3).

Ce ne sont pas seulement des maisons particulières qui étalaient au-dessus de leurs

(1) Collin de Plancy : *Dict. infernal.*
(2) Sauval : *Hist. et rech. des Antiq. de la ville de Paris*, tome III, p. 387.
(3) Edit. Charpentier, p. 107.

portes l'enseigne de *la Truie qui-file.* Ce singulier emblème se voyait encore au frontail de la cathédrale de Saint-Pol-de-Léon, en Bretagne, et à l'une des portes de la cathédrale de Chartres ; et, à côté de ce dernier exemple, le premier en date qui nous soit connu, se trouvait un âne qui tenait entre ses pieds une espèce de harpe et qui s'appelait l'*Ane qui vielle !* (1).

Nous nous trouvons donc ici en présence d'un emblème d'un usage général, sacré aussi bien que profane. Que signifiait-il ? C'est là une question qu'il serait intéressant d'élucider.

(1) Dans la même ville de Chartres, à la vieille église Saint-André, depuis longtemps supprimée « on voyait au jubé construit en 1501, un cochon dressé sur ses pieds de derrière, battant le beurre dans une tinette, au-dessous d'un chêne, la tête levée, ouvrant la machoire pour manger le gland suspendu au-dessus de lui. » Et, dans l'église de Saint-Seurin, de Bordeaux, « les stalles sur lesquelles le Chapitre s'assied pendant l'office, présentent lorsqu'on les retourne, entr'autres figures singulières aussi bizarres que grotesques, un cochon placé devant un buffet d'orgues dont il paraît tirer des sons... » (*Discussion... et coup d'œil sur les critiques .. de l'Histoire Générale... de la Cité des Carnutes et du pays Chartrain... suivis de vues philosophiques sur l'esprit qui a présidé à la construction de la cathédrale de Chartres,* etc. par M. J. F. Ozeray, etc. (Sedan) 1841. 71 p. in-8. (Article VII), p. 64. — Cet article a été imprimé à part dans les *Nouvelles Annales des Voyages,* cahier de septembre 1836.

Le porc — *animal propter convivia natum*, comme l'appelle Juvénal (1), ou pour parler plus noblement avec le poète :

L'animal qui se nourrit de glands,

jouait un certain rôle dans les rites de l'antiquité classique (2), mais ce serait m'écarter de mon sujet et faire de l'érudition à bon marché que de rappeler ici qu'on le sacrifiait au dieu Terme, dans les mystères de Cérès et dans les cérémonies des traités de paix ; qu'il était un des trois animaux servant aux *suovetauralia*, sacrifice où l'on immolait avec lui une brebis et un taureau, etc. (3). Ne suffit-il pas de remettre en mémoire la Truie blanche et ses trente petits, qui donna à Enée, lors de son débarquement en Italie, l'augure à la suite duquel il fonda Lavinium, Albe-la-longue et enfin Rome elle-même (4).

(1) I, 40.

(2) Dans les monuments de l'Inde. on trouve parfois Vichnou représenté avec une tête de sanglier.

(3) Cfr. Juvénal X, 355. — Varron : *De re Rusticâ*, II, 4. — I, 1. — Ovide : *Fastes*, II, 656. — P. Saint-Olive : *Les Romains de la décadence* (Extrait de la *Revue du Lyonnais*. Lyon, 1856, p. 80). On peut voir dans cet ouvrage tous les raffinements culinaires dont le porc et le sanglier furent les objets et les victimes de la part des Romains.

(4) Virgile : *Æneíde*, VIII, 43.— Denys d'Halicarnasse, I, 6.

Mais, sans quitter notre vieux sol national, nous y trouvons bien des raisons de croire que le vulgaire « habillé de soie » y jouissait d'une considération particulière.

En effet, on conserve au Musée des Antiquités nationales de Saint-Germain-en-Laye des *labarum* gaulois surmontés d'un sanglier de bronze, et beaucoup de monnaies de nos aïeux nous montrent le même animal grossièrement gravé. Y avait-il là, comme certains érudits ont voulu le prouver, quelque idée symbolique, et le sanglier ou le simple cochon noir représentait-il la terre ? Voici ce que dit à ce sujet un auteur compétent (1) : « Les Truies fileuses des monuments religieux étaient tout simplement des représentations de la terre, honorée sous la forme du sanglier, ou d'une druidesse. Si le porc a été les armes parlantes des Druides, Pelloutier nous apprend que souvent les ministres sacrés empruntaient pour eux les noms de l'objet de leur culte. La mère des dieux était représentée par un sanglier chez les Suèves-Æstiens, dit Tacite (De Mor. Germ. lib. XLV), qui ajoute que, par une dévotion spéciale, les peuples du nord portaient l'image de cet animal sacré..... La quenouille et le fuseau de la Truie-qui-file semblent pourtant révéler une fée; mais n'importe : la reine Berthe et

(1) D. Monnier, *op. cit.*, p. 506-508.

la reine Pédauque, qui filaient aussi, et qui filaient comme des fées, n'étaient, à notre sens, que des souvenirs de la dame Herte ou de la Terre-mère ; et si l'on accompagnait leur image des attributs du travail féminin, c'était autant pour imposer aux peuples l'exemple du travail que pour faire connaître le sexe du personnage représenté..... · L'idée qui nous semble bizarre aujourd'hui, d'avoir admis la Truie-qui-file à des portails d'église, ne s'explique pas plus aisément que celle d'y avoir admis la Reine au pied d'oie. On aura peut-être voulu, par là, ridiculiser le culte de la Terre, qui était le plus universel chez nos aïeux, et sans doute le plus invétéré. »

Et voilà mes lecteurs bien renseignés !

S'ils ne préfèrent voir tout simplement, avec Madame Félicie d'Ayzac (1) dans la Truie fileuse une leçon de morale destinée à rappeler aux femmes qu'elles doivent unir une vie laborieuse à la fécondité, il leur restera la ressource de considérer les nombreuses enseignes à la Truie ou au sanglier — je ne parle pas, bien entendu, de celles toutes professionnelles des Charcutiers — comme des souvenirs de quelque vieille tradition gauloise, conservée dans la France du nord et dans l'Allemagne occidentale.

(1) Dans *Revue de l'Art Chrétien*, de juillet-août 1875, p 89.

III. C'est le cas de citer ici une autre enseigne où la Truie joue encore son rôle et qui, pour appartenir à une autre ville que Senlis, n'en intéresse pas moins notre histoire locale.

Au XVIe siècle, on voyait à Amiens une maison dont l'enseigne était la *Truie-qui-daine* (1), autrement dit la Truie-qui-dîne. Cette maison appartenait à un riche drapier, nommé Antoine Trudaine, qui demeurait lui-même dans la rue Saint-Martin, à l'enseigne de l'Escarcelle. C'était un opulent bourgeois de la vieille cité picarde, comme on peut le voir par le curieux testament que nous a conservé M. Machart (2), et sa famille prospéra très rapidement, puisque son arrière-petit-fils, François-Firmin Trudaine, chanoine et chancelier de Notre-Dame d'Amiens, et vicaire général du diocèse, devint évêque de Senlis en 1714, probablement par la grâce de son frère, ministre des finances et du commerce. Des mauvais plaisants ou des envieux prétendirent alors que leur nom de Trudaine venait de leur maison de la *Truie-qui-daine*. C'est possible, à moins que l'enseigne de la *Truie qui-daine* ne soit, au contraire, un rébus destiné à rappeler le nom de son propriétaire. Ce rébus serait bien dans les mœurs du temps et quant à moi,

(1) Goze : *Histoire des rues d'Amiens*, III, p. 93.

(2) Tome IV de ses manuscrits, p. 581.

j'incline fort à adopter cette explication de
la curieuse enseigne d'Amiens, cousine-
germaine de la *Truie-qui-file* de Senlis et
autres lieux (1).

IV. Un carrefour de notre ville a conservé
le nom d'une autre enseigne qui, comme la
Truie-qui-file, rappelle bien des souvenirs:
je veux parler de *la Licorne,* qui avoisinait
dans la rue Bellon, le « Bon Laboureur » et
« l'hôtel du Bâton-Blanc » (2), et dont on
trouve déjà le nom dans des documents
datant de 1522, de 1530 et plus tard en
1654 (3). Il y avait aussi à Paris une rue de
ce nom, qui s'était d'abord appelée « rue
près le chevet de la Madeleine », puis « rue
aux oublayers ou marchand d'oublies » (4),

(1) Les armoiries des Trudaine, bien que parlantes, ne rappelaient, du reste, en rien cette
historiette. Elles étaient, comme on sait, d'or à
3 daims de sable. On les voyait encore récemment
sur des pierres tombales, au chœur de l'église
d'Oissy, canton de Molliens-le-Vidame (Somme).

(2) *Com. arch. de Senlis,* 1880, p. 66. — Afforty, XVII, 622.

(3) Id., ibid., 1878, p. 107.

(4) Ce nom vient du latin *obelia,* parce que
ces sortes de gâteaux secs et très minces, que
nous appelons aujourd'hui *plaisir,* ne se vendaient
alors qu'une *obole.*

et qui avait enfin pris son dernier nom de l'enseigne d'une taverne en vogue (1).

La licorne jouait un rôle important dans les superstitions du moyen-âge, et ces superstitions avaient une origine bien lointaine, car elles remontaient très certainement aux légendes qui couraient dans l'antiquité, depuis Ctésias, Philostrate et Elien, sur cet animal fantastique (2). « Les Indiens, dit Pline (chap. XVIe du VIIIe liv. de son *Hist. nat.*), donnent aussi la chasse à une bête féroce très dangereuse qui est le *monoceros*, c'est-à-dire qui n'a qu'une corne. Son corps ressemble à celui du cheval, sa tête à celle du cerf, ses pieds à ceux de l'éléphant, sa queue à celle du sanglier. Son mugissement est d'un ton grave. Il lui sort du milieu du front une seule corne de deux coudées d'éminence. Ils assurent qu'on ne peut prendre cette bête en vie. » A certains traits de cette description, il serait peut-être possible d'i-

(1) Cfr. Am. de Ponthieu : *Légendes du vieux Paris*, pp. 12, 13.

(2) La licorne ou unicorne est aussi citée plusieurs fois dans la Bible, et notamment aux psaumes 21e et 91e. Sacchs, dans sa *Monocerologia* (1676), a recueilli tout ce qu'ont dit de cet animal les anciens et les modernes jusqu'au XVIIe siècle. Voir aussi Thomas Bartholin : *De unicornu observationes novae.* — *Amstel. apud Henr.* Wetstenium, 1678, pet. in-12, fig.

dentifier le *monoceros* de Pline avec le *rhi-nocéros* moderne.

En réalité, la corne de licorne dont on usait au moyen-âge n'était autre que la dent du narval, genre de cétacés de la famille des souffleurs. « Cette dent, en forme de corne, droite, sillonnée en spirale et souvent longue de plus de trois mètres, n'est plus aujourd'hui qu'un objet de curiosité ; mais on lui attribuait autrefois de grandes vertus médicales (1) ».

On attribuait à cette corne ou plutôt à cette défense toutes sortes de vertus préservatrices. . On la considérait comme un talisman contre les empoisonnements (2) et comme un remède pour les blessures ; il guérissait, disait-on, de la rage, et on s'en servait comme vermifuge. « On assure, dit un auteur (3), que d'anciens rois des Indes s'en faisaient faire des tasses et des gobelets, persuadés qu'en

(1) *Journal de la Soc. d'Archéologie lorraine,* 1874, p. 204, note.

(2) La *Licorne* devait ce privilège à ce qu'elle était, croyait-on, l'emblême de la pureté : tout fragment qui en provenait, mis en contact avec une substance toxique, devait donc immédiatement annihiler le poison ; de là vint l'usage superstitieux de toucher tous les plats et les boissons avec la corne de narval.

(3) *Revue de l'histoire de la licorne,* par un naturaliste de Montpellier (Amoreux). Montpellier et Paris, 1818, in-8 de 47 pages, p. 29.

les employant pour boire, ils seraient pré-
servés de l'effet du poison, garantis aussi de
l'ivresse, de spasme, de convulsions, de l'é-
pilepsie, de la peste et autres maladies mali-
gnes : et ce qu'il y avait de plus admirable,
on était délivré aussi des maladies incura-
bles. O panacée universelle! »

Beaucoup de trésors princiers conservaient,
comme un remède plus encore que comme
une rareté, des défenses de narval.

On peut citer le duc de Mantoue et Sigis-
mond, roi de Pologne (1).

A Vienne, au « Schatzkammer », on voit
encore le « Glaive de Licorne » de Maxi-
milien Ier. « La fusée et le fourreau, dit M.
le comte Clément de Ris dans la *Gazette des
Beaux-Arts* de mars 1875, p. 215, ont été
pris dans une défense de narval... Sur les
arêtes du pommeau et de la poignée, on remarque les briquets et les flammes de Bourgogne. Ce glaive est donc antérieur à Maxi-
milien Ier et a dû lui être apporté par sa
femme Marie de Bourgogne, fille du Témé-
raire. »

On conservait une corne de narval dans
le trésor de Moscou et une autre dans la
collection du prince Ourousoff (2).

Dom Calmet (3) dit avoir vu dans les pa-

(1) Gesner, cité dans la *Revue de l'histoire de
la licorne*, p. 14.
(2) *Voyage de deux Français dans le nord
de l'Europe*, tome III, p. 293, 334.
(3) *Dictionn. de la Bible*, au mot *Licorne*.

piers de la maison de Lorraine, de la fin du
XVIe siècle, et sous le règne du grand-duc
Charles, que soixante mille florins furent
donnés pour l'achat d'une licorne ou plutôt
d'une défense de licorne (lire : narval) A la
cour de ce pays, du reste, le sommelier ne
manquait jamais, au commencement du repas, d'apporter une nef d'argent (vase en
forme de navire) contenant une nef plus
petite, une salière, des tranchoirs d'argent
et une *licorne* destinée à faire l'essai des
viandes, du pain et des autres mets présen-
tés au souverain (1). On procédait de la
manière suivante : « Le sommelier doit
mettre de l'eau fresche sur la licorne et en la
petite nef et doit bailler l'essay au valet servant, vuydant de la petite nef en une tasse,
et la doibt porter en sa place, et faire son essay devant le prince, vuydant l'eau de la
nef en sa main (Estats du duc de Bourgogne,
1474). » Suit dans le document que nous
citons, une longue description des minu-
tieuses cérémonies d'étiquette et de précaution qui accompagnaient cet essai.

Le *Roman d'Alixandre* (1312) contient
une description de la Licorne.

Enfin, Brantôme écrivait en 1580 (2) :
« Bien pis fit un que je scay qui, vendant
un jour une de ses terres à un autre, pour
50.000 escus, il en prit 45.000 en or et ar-

(1) Cfr. *Journ. de la Soc. d'Arch. lorraine*,
1874, p. 204.

(2) *Vie des Dames galantes.*

gent, et pour les cinq restant, il prit une corne de licorne. Grande risée pour ceux qui le surent. Comme, disoient-ils, s'il n'avoit assez de cornes chez soi sans adjouster celle là ! »

On voit par cette citation que cet objet était alors tout à fait à la mode ; c'est sans doute pour cela que des imprimeurs et libraires de Paris, de Lyon et de Cologne avaient pris la licorne pour enseigne.

Mais c'est le plus souvent dans le blason que nous retrouvons cet animal fantastique, et le P. Gilbert de Varennes, dans son livre du *Roy d'armes*, nous dit qu'il y était employé parce qu'il est courageux, aime les bonnes odeurs et les personnes chastes !

Quoiqu'il en soit, c'est surtout au point de vue médical que nous voyons la licorne jouer un rôle important, et sa soi-disant défense, c'est-à dire la corne de narval, était devenue au XVIᵉ siècle un remède courant de la pharmacie empirique ; on trouve dans un compte de pharmacie de l'année 1530 (1), relatant des fournitures faites à l'abbesse de Jouarre (Marne), huit grands fragments de licorne, cotés 4 livres, ce qui est cher, pour l'époque. Ce singulier remède n'était pas encore tout à fait oublié par les bonnes femmes au commencement de notre siècle.

Nous voilà bien loin de notre carrefour

(1) Cité par Raoul Guérin : *Etudes sur la famille des cétacés.* Paris, 1874, gr. in-8, p. 92.

senlisien qui porte encore le nom de la
Licorne. Revenons y pour dire que cette appellation lui vient sans doute d'une auberge
qui, à l'exemple de beaucoup d'autres dans
des localités diverses, l'avait adopté comme
emblême de la pureté des mets qu'on y
servait aux voyageurs. Une belle tête au
museau recourbée, peinturlurée en rouge,
et surmontée d'une seule grande corne,
longue et aiguë, rouge à sa partie supérieure,
blanche inférieurement et noire au milieu
(c'étaient les couleurs consacrées) devait se
montrer au-dessus de la porte d'entrée de
l'hôtellerie, afin de bien indiquer aux pas-
sants affamés qu'on n'y *empoisonnait* pas
les hôtes ! Cela ne l'a pas empêché de dispa-
raître, ne laissant même pas, ainsi que sa
concurrente des *Trois-Pots* (rue du Châtel) (1)
sa belle enseigne de pierre comme un
témoignage de sa splendeur passée. Les
révolutions et la concurrence commerciale
ont de ces fantaisies !

V. En se dirigeant du carrefour de la Licorne
vers l'ancienne porte Bellon, on remarque à
main gauche, dans la rue qui porte ce nom,
un vieux mur de clôture décoré de pilastres
Renaissance surmontés de chapiteaux sculp-

_____

(1) A cette enseigne des *Trois-Pots*, on peut
comparer celle qui avait donné son nom à la rue
des *Trois Canettes*, à Paris.

tés ; ce mur de clôture appartient à une maison qui a servi longtemps de résidence aux membres de la famille de Saint-Simon, baillis et gouverneurs de Senlis.

Afforty (1) a copié les titres de l'*Hôtel de Rasse*, — c'est ainsi que l'on désignait autrefois cette maison — depuis l'année 1444, époque où il fut acheté par la famille de Saint-Simon, et comme M. Müller n'en a dit que quelques mots dans son travail sur les Rues de Senlis, je pense qu'il peut être intéressant de revenir sur les vicissitudes de cette vieille demeure, une des plus intéressantes parmi les résidences particulières de notre ville, qui ont conservé trace de souvenirs historiques ou archéologiques.

Senlis, comme on le sait, était le siège d'un bailliage étendu. La charge de grand bailli, très importante alors, était possédée vers l'année 1430 par Messire Gilles de Rouvroy, dit de Saint-Simon, issu d'une illustre famille sur laquelle je n'ai pas à m'étendre ici, et que l'on trouve dès le XIIe siècle en Picardie (Afforty, III, 1696 ; *Com. Arch. de Senlis*, 1879, pp. 318, 366 ; 1874, pp. 21-26.) Nous ignorons comment ce seigneur remplissait ses hautes fonctions avant d'avoir fait dans le pays une installation définitive. Il est probable, qu'imitant en cela les grands officiers de cette époque, et usant de l'autorisation donnée aux baillis par l'ordonnance

(1) Tome IX, pp. 5185 et suiv.

de 1413 de se choisir des lieutenants sous
leur responsabilité personnelle, il se faisait
volontiers remplacer par un suppléant pour
tout le travail actif de sa charge et se con-
tentait d'en percevoir les émoluments. et
d'en recueillir les honneurs.

Il nous paraît, du moins, fort difficile d'admettre que Gilles de Saint-Simon, dont les
propriétés les plus voisines de Senlis étaient
à cette époque à Compiègne et aux environs,
ait pu commodément et convenablement
remplir ses fonctions multiples et étendues
qui absorbaient alors, pour ainsi dire, toute
l'administration judiciaire, financière et militaire; il est vrai que saint Louis, en
instituant les quatre grands bailliages de
Vermandois, de Champagne, de Bourgogne
et d'Auvergne, avait fait défense aux titulai-
res de ces charges d'acquérir des propriétés
dans les lieux qu'ils administraient, et même
de s'y marier ou d'y marier leurs enfants;
de même, jamais un bailli ne pouvait exercer ses fonctions dans le lieu de sa naissance
et il ne devait administrer un pays que pendant un espace de temps assez court.

J'ignore si ces sévères ordonnances de
saint Louis qui datent de 1254 et 1256 et celles
de Philippe-le-Bel, qui les aggravèrent encore
en 1302 et 1303, furent abrogées postérieure-
ment ou tombèrent en désuétude, ou bien si
elles ne s'appliquaient pas au bailliage de
Senlis. Toujours est-il que Gilles de Saint-
Simon, autorisé peut-être personnellement,

à cet effet, par un acte exceptionnel de la volonté du roi, résolut d'élire domicile au chef-lieu de son bailliage.

En l'année 1444, Jehan Sejourné, demeurant à Blois, et neveu d'un autre Jehan Sejourné, bourgeois de Senlis, avait hérité de cet oncle, d'une « maison, court, granche, jardin et vigne derrière » « assise à Senlis en la rue Bellon devant et à l'opposite de la maison de deffunt Jehan Le Charon laisné, en son vivant lieutenant général de Monsieur le Bailly de Senlis, tenant d'un côté aux hoirs ou ayant cause de feu Jehan. Vattier, Jehan de Laigneville et Messire Robert de Méraumont, et d'autre part du côté de la porte de la dite rue Bellon à Jehan Fournet, laboureur ; aboutant par derrière au mur de la dite ville de Senlis et par devant à la chaussée du Roy, notre sire..... »

La description des lieux est tellement claire, que je crois inutile de m'y arrêter ; je ferai seulement remarquer que la rue où était situé cet immeuble s'appelait alors encore indifféremment chaussée du Roy ou rue Bellon. Ce double nom s'explique facilement, du reste, quand on sait, comme nous l'apprend Jehan Mallet dans ses Mémoires (page 11), que la porte Bellon n'était pas encore construite en 1416 ; il n'y a donc rien d'étonnant, à ce que moins de trente ans après, l'ancien nom de chaussée du Roy continuât encore à être employé, concurremment avec le nom nouveau qui fut sans

doute emprunté à celui de la porte élevée
sur ce point vers le premier quart du XVe
siècle (1).

L'héritage de l'oncle Séjourné, au moins
en ce qui concerne sa maison de la rue
Bellon, ne constituait pas cependant pour
son neveu une très grosse aubaine, car par
son « testament ou ordonnance de dernière
voulenté », il spécifia que l'on prendrait sur
sa dite maison « la somme de deux cents
livres tournois pour être tournée et convertie
en prières et bienfaits par l'ordonnance de
ses exécuteurs et pour icelle maison estre
vendue, pour les deniers de la dite vendi-
tion estre tournez et convertis en ce qui dit
est jusques à la dite somme de deux cens
livres tournois, tous tôt et incontinent après
le trespas de Isabelle sa femme, à laquelle il
avoit laissé et laissa l'usufruit d'icelle maison pour en joir sa vie durant tant seulement... » Or, Isabelle, veuve de Jehan
Séjourné l'aîné, était morte en 1444, et Jehan
Séjourné le jeune « pour ce qu'il n'avoit pas
bon aisément de fournir la dite somme de
deux cents livres tournois » était contraint,

(1) Nous croyons donc que les auteurs du
« Rapport fait au conseil municipal (novembre
1867) sur les rues de Senlis » ont commis une
erreur en disant que, à l'époque dont nous parlons, la rue Bellon portait ce nom « depuis un
temps immémorial. » (*Journal de Senlis* du
samedi 4 janvier 1863).

d'accord avec sa femme Denise ou Denisette, fille de feu Laurent Le Charpentier, de mettre en vente son immeuble de la rue Bellon.

Mais comme ils demeuraient ensemble à Blois, et qu'à cette époque les distances étaient grandes et les chemins peu sûrs, ils donnèrent procuration, par devant « Jehan des Estangs, tabellion juré du scel au contraulx de la chastelnie de Blois » à « Messire Robert de Méraumont et Pierre de Laporte et chacun d'eux par soy et pour le tout portant ces lettres, et tant divisément, comme conjointement..... » et les nommèrent « leurs certains et bien amez procureurs généraulx et messagers espéciaulx ». Les termes de la procuration sont des plus curieux et je regrette que son étendue m'empêche de la citer tout entière. Il me suffira de constater que cet acte donnait aux sieurs de Méraumont et de Laporte ou à leur défaut à tout porteur de la dite procuration · les pouvoirs les plus étendus.

Cette précaution ne fut pas inutile; en effet, ce premier acte avait été passé à Blois le 13 mai 1444. Jehan Séjourné et sa femme craignirent-ils que leur procuration ne fut pas acceptée de ceux qu'ils désignaient, ou que leurs affaires tombassent en des mains infidèles ou négligentes, toujours est-il, que dès le cinquième jour de juin suivant, et malgré la difficulté de communications dont nous

avons parlé plus haut, nous voyons Denisette Le Charpentier, comparaître en personne par devant « Jehan Aubry, bourgeois
de Senlis et Jehan Mannessier clerc gardes
des sceaulx de la baillie », « en son nom et
comme procuraresse » de Jehan Séjourné
son mari, resté vraisemblablement à Blois.
Par ce nouvel acte elle nomme ses procureurs « Honorables hommes et sages Jean
Sirot sergeant à cheval du Roy notre Sire
au bailliage de Senlis, Geffroy de Cuisy,
Jean Manessier et chacun d'eulx par soy et
pour le tout, portant ces lettres ». C'est en
vertu de cette dernière procuration que le
seizième jour du mois de juillet de la même
année et par devant « Jehan Le Charon
lieutenant général de Monseigneur le bailly
de Senlis et Jehan Mannessier », dont nous
avons déjà cité plus haut les titres et qua-
lités, « Jehan Sirot vend, cède, octroye,
quicte, transporte et du tout en tout délaisse
au nom de pure et vraye vente perpétuelle
et irrévocable dès maintenant à toujours
sans aucun rappel » la maison dont nous
avons donné plus haut les tenants et
aboutissants « à noble et puissant seigneur
Messire Gilles de Rouvroy dit de Saint-
Simon, chevallier, conseillier, chambellan
du Roy nostre sire et son bailly de Senlis
acheteur et acquesteur pour luy, ses
hoirs successeurs et pour ceulx qui de lui
auront cause. » Cette vente est faite
moyennant « la somme de huit vingts

livres parisis pour estre tournés et converties en l'accomplissement du dit testament d'icelluy deffunt Séjourné laisné comme dessus est dit et le surplus de la dite somme au dit Séjourné le jeune ou son dit procureur pour luy ».

Il peut paraître intéressant de se rendre compte de la valeur que représentait à cette époque un immeuble comme celui dont il est ici question et qui, divisé comme nous le verrons plus tard, forme aujourd'hui deux maisons de la rue Bellon. On a vu plus haut que Jehan Séjourné l'aîné avait laissé à ses exécuteurs testamentaires pour être convertie en prières et diverses bonnes œuvres la somme de deux cents livres tournois. Or, si nous prenons pour base le tableau de la valeur de la livre tournois en monnaie moderne, dressée par Bally dans son Histoire financière de la France (t. II, pages 98 et suivantes), ouvrage généralement considéré comme celui qui s'approche le plus de la vérité dans ces difficiles études comparatives, nous voyons que sous Charles VII, c'est-à-dire en 1444, la livre tournois équivaut à 27 fr. 34 c. de notre monnaie. C'était donc une somme de 5.468 francs que l'oncle Séjourné laissait à prendre sur son immeuble de la rue Bellon.

Quant à la livre parisis, elle valait un quart de plus que la livre tournois (1), par

(1) La livre parisis égale 34 fr. 17 c. 5.

conséquent, et en faisant grâce au lecteur des calculs nécessaires pour arriver à ce résultat, les 176 l. parisis, payés par Gilles de Saint-Simon, équivaudraient aujourd'hui à 6,014 fr. 80 centimes.

Comme on le voit, Jehan Séjourné le jeune, devant payer huit vingts livres parisis, équivalant à 200 livres tournois, soit 5,468 de notre monnaie, ne tira de la maison de son oncle, vendue 176 livres parisis ou 6,014 fr. 80 c , que la très modeste somme de 546 fr. 80 c. Venez donc de Blois en plein XV° siècle pour faire un tel héritage !

En effet, je ne me charge pas d'expliquer ces allées et venues ni même d'en chercher les motifs, mais il est constant que le 13 août 1444, Jehan Séjourné ratifie en personne par devant les mêmes autorités Senlisiennes, la vente que ses mandataires avaient faite moins d'un mois auparavant.

Une dernière formalité restait à remplir pour que Gilles de Saint-Simon devint paisible propriétaire de sa nouvelle acquisition. C'était d'obtenir l'investiture ou plutôt, comme on disait alors, la saisine du seigneur de qui relevait l'immeuble acheté. En effet, cet immeuble était dans la censive et seigneurie foncière de l'église Notre-Dame de Senlis et devait chaque année à ladite église, 28 sols 5 deniers parisis de droit cens et un chapon de rente payable « au terme Saint-Jean-Baptiste, 7 sols 6 deniers parisis, au terme Saint-Remi 7 sols 8 deniers parisis, et au terme de Noël 6 sols 8 deniers de droit cens et le dit chapon de rente, et au terme de Pâques-Communion 6 sols 7 deniers qui font en somme la dite somme de 28 sols 5 deniers parisis de droit cens et le dit chapon de rente, sans autre charge, redevance ou ypothèque quelconques... »

Gilles de Saint-Simon, ayant payé par les mains de Jean Coulon son procureur et receveur, les droits dus d'après la coutume, fut mis en possession par le doyen et le chapitre de l'église Notre-Dame de Senlis le 23 août 1444, après que Jehan Mannessier, au nom de Jehan Séjourné et de Denise sa femme, eût notifié aux dits doyen et chapitre le contrat d'acquisition et se fut dessaisi au profit du dit acquéreur.

Quatre années plus tard, Gilles de Rouvroy ne se contentant pas de son hôtel de Senlis, acheta aux héritiers de Jacques de Pacy les terres et seigneuries du Plessier-Choisel-les-Senlis, aujourd'hui le Plessis-Chamant, qui prit alors d'un des titres de sa famille le nom de Plessis de Rasse et qui fut possédé par ses descendants jusqu'au commencement du XVIIIe siècle. On voit qu'il y avait positivement chez le bailli de Senlis le parti pris de faire une installation sérieuse au chef-lieu de ses importantes fonctions (1).

(1) Gilles de Rouvroy de Saint-Simon mourut en décembre 1477 laissant, de Jeanne de Floques, dame de Sainte-Lux et d'Erlaville, trois enfants :

Il nous faut maintenant descendre d'un seul coup à plus d'un siècle de la vente que nous venons de rapporter, pour trouver trace de la maison qui désormais s'appelait l'Hôtel de Rasse.

Le 30 septembre 1572, messire Louis de Saint-Simon, chevalier de l'ordre du Roy, seigneur de Rasse et du Plessis, gentilhomme ordinaire de la Chambre, demeurant audit Plessis, comparut en sa personne par devant Jehan Martine et Jehan Charmolue, notaires à Senlis ; il se portait fort de dame Antoinette de Mailly (1), sa femme, et était accompagné de François de Saint Simon, escuyer, seigneur de Saint-Léger, son fils aîné, et de honorable homme Pierre Gosset, receveur du taillon pour le Roi audit Senlis.

Guillaume ; Antoine, dit Floquet, mort en 1490, et Jacqueline, mariée à Valleran de Sains, seigneur de Marigny. — Voir ce que nous disons plus haut de cette dernière. (Ctr. *Com. arch. de Senlis*, 1878, p. xlviii.) C'est à lui que l'on doit la construction de la Chapelle du Bailly, aujourd'hui Chapelle Saint-Rieul (*Com. arch* 1880, p. 76). — Gilles de Saint-Simon avait été mêlé un instant aux plus grandes affaires de son temps. Pendant la guerre du *Bien public* il avait été nommé par Louis XI, gouverneur de Paris, concurremment avec le comte de Comminges, et sous l'autorité du maréchal Rouault, sire de Gamaches. (V. Cimber et Danjou : *Archives curieuses de l'hist. de France*, 1re série, tome I, p. 7.)

(1) Cfr. *Com. arch.* 1879, p. 323.

Le but de cette comparution était un échange à faire entre les parties : Les seigneurs de Saint-Simon abandonnaient à Pierre Gosset « pour luy ses hoirs ou ayant cause ou tems advenir, une maison contenant deux corps d'hôtel, court, jardin, lieu, et pourpris de fond en comble comme il s'estend et comporte de touttes parts, assise au dit Senlis rue Bellon, vulgairement appelée la maison du seigneur de Rasse, tenant d'un côté à Pierre Mignières, d'autre côté à Pierre Boulart, aboutant d'un bout sur ladicte rue Bellon et d'autre bout par derrière aux terrasses de la ville ; tenue et mouvante des deans (doyens), chanoines et chapitre de l'église Notre-Dame de Senlis et chargée chacun an envers eulx au jour St Remy de la somme de trente-six sols six deniers parisis, tant cens, surcens que rentes pour touttes charges. »

On remarquera que la redevance féodale due au chapitre Notre-Dame, si elle s'était vue diminuer d'un chapon, s'était d'un autre côté augmentée de huit sols parisis, c'est-à-dire presque le quart depuis l'année 1444. De plus, elle était en 1572 payable en un seul terme.

De son côté, Pierre Gosset donnait en échange à MM. de Saint-Simon les rentes dont la désignation va suivre :

« 1° La somme de six vingt treize livres six sols huit deniers tournois de rente d'une part, percevable par chacun an au premier

jour de janvier, sur tous et chacun les biens
de feu honorable homme maistre Claude
Desavenelies, en son vivant grenetier des
grains au duché de Valois, constituée par le
conctract du vendredy quinzième jour d'octobre 1563 par devant Agerard et Mauperue,
notaires au Chastelet de Paris, rachetable à
un seul paiement moyennant la somme de
seize cents livres tournois. Item, et la
somme de soixante et dix-neuf livres trois
sols quatre deniers tournois de surcens ou
rente propriétaire annuelle et perpétuelle
d'autre part, percevable chacun an au vingt
cinquième jour du mois de septembre sur
tous et chacun les biens meubles et immeu-
bles de maistre Jehan de la Haye, docteur
en médecine à La Ferté-Millon et spéciale-
ment sur les sept parts dont les huit font le
tout d'une maison assise à La Ferté-Millon,
au lieu dit le Trou Guernot, au long contenu
et déclaré ès lettres de bail et prinse de
ladite maison en date du ving-cinquième
jour du mois de septembre quinze cent
soixante et onze passée par devant Cour-
cault et Bonnault, notaires audit lieu de La
Ferte-Millon, rachetable en deux paiements
esgaux moyennant la somme de neuf cent
cinquante livres tournois. Les dittes deux
rentes revenant en sort principal à la
somme de deux mil cinq cent cinquante
livres tournois ; icelles rentes appartenant
audit Gosset tant à cause de luy que à cause
de Marguerite Desavenelles, sa femme..... »

En outre, le même Gosset versait « pour le vin de ce présent eschange » la somme de cinquante livres tournois.

Si je viens de faire cette longue citation, c'est, en dehors de l'intérêt qu'elle peut avoir en elle-même, afin d'arriver au chiffre exact de la somme donnée en échange de l'hôtel de Rasse, somme qui s'élève, y compris le pot de vin, à deux mille six cent livres tournois, sans compter vingt-cinq livres tournois payées pour l'enregistrement des lettres.

Continuant la petite étude comparative que nous avons faite précédemment, nous trouvons que la livre tournois valant d'après les mêmes bases en 1572, c'est-à-dire sous le règne de Charles IX, quatre francs cinquante centimes de notre monnaie, l'immeuble qui nous occupe était estimé à cette époque 11,700 francs; il avait donc — la valeur représentative de l'argent étant restée la même — presque doublé de prix en cent trente ans.

Antoinette de Mailly, dame de Saint-Simon, ratifia cet échange par un acte passé au château du Plessis-Choisel le lundi 27 octobre 1572, et le 3 novembre de la même année la saisine de ladite maison fut donnée à Pierre Gosset par le chapitre de l'église Notre-Dame.

Cet échange ne paraît du reste avoir été qu'un moyen de se procurer de l'argent comptant et de liquider une position peut-être obérée, par l'aliénation d'un immeuble important. En effet le même jour, 30 septembre 1572, et par devant les mêmes officiers publics, MM. de Saint-Simon père et fils se portant forts pour Mme de Saint-Simon qui, comme on vient de le voir, ne devait donner sa ratification qu'un mois plus tard, vendaient les rentes qu'ils venaient d'acquérir et pour la somme totale portée au contrat d'acquisition, à honorable homme maître Paul de Cornouailles, avocat au bailliage et siège présidial de Senlis. Sur cette somme de 2,550 livres tournois, 1,600 livres furent payées comptant « en cens pistolles d'or ayant cours en ce royaulme pour le prix de l'ordonnance », 350 livres furent stipulées payables dans le mois et le reste, c'est-à-dire 600 livres tournois « sera tenu ledit de Cornouailles la payer pour et en l'acquit dudit messire Loys de Saint-Simon à messire Guy de Carnel, chevalier, seigneur de Borrencq » pour remboursement d'une rente de 50 livres que messire de Saint-Simon devait audit seigneur de Boran par suite d'un contrat passé le 25 juin 1572 par devant Mecquignon et Lobry, notaires à Senlis. Ce paiement devait être effectué dans les six mois.

Cette somme de 600 livres fut en effet soldée « en neuf cents soixante testons d'or » au seigneur de Boran qui se qualifie dans son reçu en date du 1er mars 1573, signé « Carnel », de « maistre d'hostel ordinaire de Monsieur, frère du Roy. »

Ce Guy de Carnel avait épousé Marie de Saint-Simon, l'une des filles de Guillaume de Saint-Simon, seigneur de Rasse, et était par conséquent beau-frère de Louis de Saint-Simon, ce qui explique parfaitement les relations d'intérêt qu'avaient ensemble ces deux seigneurs.

Enfin, un acte du 31 décembre 1563 transcrit par Afforty sous le titre de « contre-lettres de M. de Cornouailles en faveur de M. Gosset », régla les intérêts réciproques qu'avaient l'un envers l'autre ces deux honorables bourgeois, par suite de la transaction ci-dessus rapportée.

Outre leur immeuble, MM. de Saint-Simon vendirent sans doute à leur acquéreur quelques meubles d'un transport difficile; c'est ainsi du moins que je crois pouvoir interpréter le reçu ci-après, qui me parait trop curieux dans sa brièveté pour ne pas être copié en entier :

Quittance sous seing privé de Me François de Saint-Symon.

« Je François de Saint-Simon escuyer seigneur de Sainct-Léger, fils ainé de monseigneur de Rasse, demeurant au Plessier Choisel, confesse avoir vendu à maistre Pierre Gosset une grande pere d'armoire et un bain à dos et ung grand vieil coffre, le tout moyennant la somme de quinze livres tournois dont je me tiens pour bien contempt que jay receu dudit Gosset, témoing mon seing cy mis le XVIII° jour de may mil V° soixante et treize. F. de Saint Symon (1) ».

C'est après avoir été vendu à Pierre Gosset que l'hôtel de Rasse fut divisé en plusieurs maisons. En effet, par un acte passé à Senlis, le 31 janvier 1609, par devant Benjamin Methelet et Jacques de Try, notaires, Madeleine Levasseur, veuve de Claude Duquesne, vend à Claude Cornu, maître maçon à Senlis « une maison, scellier, chambre et greniers, court, cuisine, chambre et grenier en appentil, jardin, scis à Senlis, rue de Bellon, tenant d'un côté à la veuve de feu maître Pierre Gosset, d'autre à Claude Parent et à ladite Le Wasseur, par devant sur la rue et par derrière à ladite Gosset, ledit jardin à prendre à droite ligne à l'encoignure . . . . de l'appentils joignant la latrine estant audit jardin »; la vente est faite moyennant quatre cents livres tournois, plus dix huit livres tournois pour « son chappron. »

Marguerite Desavenelles, veuve de Pierre Gosset, mariée en seconde à M° Nicolas De-

----

(1) Après François de Saint–Simon, nous trouvons Louis de Saint Simon, seigneur de Rasse en 1641 (*Com. arch. de Senlis* 1879, 286), qui fut père de Charles, marquis de Saint-Simon, bailli et gouverneur de Senlis (*Com. arch.*, 1880, p. 25), et de Claude, premier duc de Saint-Simon, père de l'auteur des Mémoires, Louis, qui fut également bailli et gouverneur de Senlis (*Com. arch. de Senlis* 1880, p. 22, 1862-63, p. 27, 29).

bonvillers, avait conservé une autre partie
de la maison, tandis qu'une troisième avait
été vendue à Mᵉ Nicolas Robin, receveur des
tailles de Senlis. Cette maison qui, en conséquence, constituait le tiers de l'hôtel de
Rasse, fut vendue le 20 mars 1612 par la
fille de Marguerite Desavenelles, dame Marguerite Gosset, mariée à « noble homme Jehan
de Cornouailles, commissaire ordinaire pour
le Roy en la marine et maire de Ponant (1) »
à maître Jean Decroissettes, procureur au
bailliage et siège présidial de Senlis. Nous
voyons dans cet acte que le tiers appartenant à Claude Cornu était déjà divisé en
deux parts dont l'une appartenait à un nommé Philippe Lequoy, et que Jehan Decroissettes remboursa en 1614 à noble homme
Daniel Chastellain, écuyer, demeurant à Senlis, la rente au moyen de laquelle il avait
payé ladite maison, rente qui avait été trans-
portée audit Chastellain par Jehan Corde-
lier ou Lecordelier, écuyer, seigneur de
Chenevières, demeurant à Senlis, qui la tenait de Jehan de Cornouailles (2).

(1) Il demeurait dans la rue du Chat-Haret (au
numéro 2 actuel), où sa maison se distinguait par
un vaisseau sculpté que l'on voit encore au haut
d'un pignon.

(2) « Nota, dit Afforty, que par le contract (la
vente de 1612) cy dessus stipulé que en cas que le
sieur de Cornouailles décède avant ladite Gosset
sa femme, qu'elle jouira sa vie durant avec Guil-

Le contrat de cet échange dans lequel Jehan de Cornouailles est qualifié de « commissaire en l'amirauté de France » est du 7 octobre 1613, par devant Vespasian Loyal et François Laurans, notaires à Senlis. Ce contrat donne quelques renseignements intéressants sur la topographie du vieux Senlis. Ainsi le seigneur de Chenevières « donne une maison rue de Paris où pend pour enseigne le Poullain où demeure Jacques Bayart, bourrelier........ tenant d'un côté à l'hôtel de l'Aigle, d'autre aux héritiers Jacques Havé et à Charles de Saint-Leu, d'un bout par devant sur la rue de Paris et par derrière audit de Cornouailles ; audit de Chenevières appartenant comme héritier partiaire de deffunte dame Marie de Hacqueville, vivante femme de messire Claude Loysel, conseiller du Roy et président en sa court des Aydes. »

Je n'entreprendrai pas de raconter ici toutes les vicissitudes que subirent ensuite les diverses parties détachées de l'hôtel de Rasse.

Je me contenterai de dire que la tierce partie de Nicolas Robin finit par être ac-

laume de Mazérat, escuyer, seigneur du Mas de Bourcelles, de la maison où ils sont demeurans rue des Cordeliers, et qu'en cas de décès de damoiselle Marie de Cornouailles leur fille, femme dudit de Mazérat, les héritiers dudit de Cornouailles ne pourront jouir de ladite qu'après la vie de ladite Gosset. »

quise par la famille Vizet, à laquelle nous voyons qu'elle appartenait en 1664. La même année, le 1er août, par devant Nicolas de Saint Leu et Philippe Fortier, Antoine Cornu, maitre maçon à Senlis, fils de Claude Cornu et Anne Lemaistre, vend d'accord avec Jeanne Delaplanche, sa femme, à Jean Decroissettes, conseiller du roy et lieutenant en l'élection de Senlis, sa maison de la rue Bellon. Ce qu'il y a de curieux dans cet acte c'est que Nicolas Legrand, compagnon orfèvre à Paris, et Françoise Cornu, son accordée, fille dudit Antoine Cornu, y comparaissent comme parties, et qu'une portion du prix est stipulée payable pour employer aux promesses de mariage faites par ses parents à ladite Françoise.

Le Jean Decroissettes dont il est ici question, fils de l'autre Jean Decroissettes que nous avons vu plus haut acheter la maison Gosset en 1612, finit par réunir tout ce qui restait de l'hôtel de Rasse, à l'exception de la maison Robin-Vizet.

En 1615, son père avait déjà acquis de Jehan Legrand, procureur du roy de la prévosté de Crespy, et de Marguerite de Besançon, sa femme, héritière de Marguerite Desavenelles, une part de cet immeuble.

La veuve de ce Jean Decroissettes, le père, Catherine Truyart, avait, de son côté, réuni en 1632 les parts qui appartenaient à maître Adam Decroissettes, conseiller du roi et premier élu en l'élection de Senlis, et à maître

Pierre de Saint-Gobert, procureur du roy au siège des Eaux et Forêts du Bailliage de Senlis, époux de Marguerite Descroissettes, du chef de dame Marguerite de Besançon, leur mère (1).

Deux ans après, dame Blanche de Saint-Gobert, veuve de « feu noble homme Rocques Arnault en son vivant valet de chambre de Monsieur frère du Roy, receveur du décime du diocèse et bailliage de Senlis », vend aussi à sa belle-sœur Catherine Truyart, le douzième dont elle et ses enfants mineurs étaient propriétaires dans ladite maison. Cette vente est faite moyennant 235 livres tournois ou environ 870 francs de notre monnaie, soit 10,434 francs pour les douze douzièmes ou la totalité de ce tiers de l'hôtel de Rasse.

En 1656, Catherine Truyart abandonne à ses trois enfants tous ses droits sur ladite maison, et Jehan Decroissettes, l'aîné de ces enfants, rachète immédiatement la part de ses frère et sœur, ladite maison étant alors estimée 4,500 livres tournois (8,775 fr. de notre monnaie).

Nous avons vu plus haut l'acquisition faite par le même Decroissettes, de la maison d'Antoine Cornu. Cette acquisition dura, on peut le dire, quatre années. En effet, le 11 fé-

___

(1) Nous voyons dans cet acte que cette maison devait alors une rente de 100 sols tournois à l'église Saint-Pierre.

vrier 1660, par devant Charles Guérin et
Nicolas de Saint-Leu, Jean Decroissettes
achète à Antoine Cornu, qui est qualifié de
maître maçon à Senlis, bien qu'il demeure
à Paris, rue Saint-Honoré « un petit bout de
jardin en recoing du côté de la grange faisant partie de celuy dépendant d'Anne Lemaistre, mère dudit Cornu. »

Dans la saisine de cette vente, nous voyons
reparaître le chapon dont nous avions plus
haut perdu la trace ; mais il est ici converti
en argent, ayant été estimé à deux sols six
deniers par sentence de 1614.

Le 4 avril 1662, autre acquisition par le
même au même « d'une portion de jardin
avec une petite grange à prendre depuis le
rez du lieu commun et aisances dudit Cornu
à droite ligne jusqu'à la clôture de ladite
grange, tenant d'un côté à Jean Barbier,
d'autre et d'un bout audit Decroissettes,
d'autre audit Cornu. » Enfin, le 2 novembre
1662 et le 4 avril 1663, Jean Decroissettes
constitue à Antoine Cornu une rente à
percevoir sur ladite maison, et le premier
août 1664 le tout se termine par l'aliénation
complète dudit immeuble entre les mains
dudit Decroissettes, qui réunit ainsi les deux
tiers de l'hôtel de Rasse.

De la famille Decroissettes, cet immeuble
passa aux de la Fosse, et il est aujourd'hui
la propriété de Mme Frémont, qui y a fait
faire des réparations considérables.

J'aurais pu étendre outre mesure ce para-
graphe déjà si long en donnant quelques dé-

tails sur les personnages dont nous venons de rencontrer les noms, et qui presque tous appartenaient aux premières familles de notre ville ; mais ces développements, outre qu'i.s auraient pu lasser la bienveillance du lecteur, auraient eu l'inconvénient de m'entraîner loin du but que je me suis proposé, but qui était uniquement de faire l'historique de l'immeuble appelé l'Hôtel de Rasse.

Je ne dirai rien non plus des quatre pilastres sculptés qui décorent la façade du mur de l'Hôtel de Rasse du côté de la rue Bellon. Ces piliers appartiennent sans doute à la première moitié du XVI° siècle. M. l'abbé Müller en a parlé très succinctement et a donné le dessin de deux d'entre eux dans le Bulletin du *Comité archéologique de Senlis* (1879, p. 108).

VI. Le lecteur me permettra de laisser jouir en paix l'honorable famille de Saint-Simon de sa nouvelle acquisition, et de l'emmener avec moi vers l'endroit où existait, il y a une quarantaine d'années, la vieille porte Bellon, que plusieurs de nos contemporains se souviendront peut-être encore avoir vue et dont tout le monde peut admirer « la vraie pourtraiture » sur l'enseigne de l'auberge actuelle qui s'intitule fièrement : « Hôtel de la Gare » (1).

Près de cette porte aboutissait et aboutit

(1) Voir aussi *Com. arch.*, 1878, p. 104.

encore la rue Saint-Yves à l'Argent.
M. Müller (*Com. arch.*, 1880, p. 175) a suffisamment démontré que Saint-Yves à l'Argent
était venu, par corruption, de Saintisme
Alargent, du nom de quelque dame qui
habitait cet endroit ou qui possédait ce territoire du faubourg au XIV° siècle.

Et pourtant, en 1292, il y avait en cet
endroit une croix d'Yves *(Ad Crucem
Yvonis)* qui pourrait bien permettre aux
partisans de saint Yves de défendre leur
opinion.

J'avoue que je suis de ceux qui regrettent
ici le souvenir du saint dont la prose disait :

« *Sanctus Yvo erat Brito,*
» *Advocatus et non latro;*
« *Res miranda populo.* »

Le voir supplanté par un vulgaire nom de
demoiselle, cela me semble dur !

Cet « à l'Argent » accolé au nom du saint
m'avait bien souvent fait rêver. Pourquoi
« à l'Argent », et dans quel calendrier nos
vieux senlisiens avaient-ils trouvé ce sobriquet ?

On sait que saint Yves était le patron des
procureurs, avocats, huissiers et de toute la
gent *pouilleuse,* comme on disait au moyen-
âge, de la Bazoche. Etait-ce à cause du prix
que coûtait l'intervention trop souvent inté-
ressée des hommes de loi qu'on avait donné à

saint Yves ce sobriquet senlisien de « à l'Argent? » Je l'ignore et je donne mon explication pour ce qu'elle vaut, en m'en excusant bien humblement auprès de l'honorable corporation qui s'abrite sous la bannière de saint Yves.

Ce pauvre saint était, du reste, traité assez irrévérencieusement dans les légendes populaires.

Suivant les uns, il avait rencontré à la porte du Paradis, quand il se présenta pour y entrer, un grand nombre de nonnes qui « se morfondaient à l'huis céleste » attendant que saint Pierre voulut bien les laisser entrer. — Qui êtes vous? demanda le sévère gardien des clefs du Paradis à l'une d'elles. — Religieuse, répondit-elle en faisant sa plus belle révérence. — Il y en a déjà trop au Paradis et la place nous manque... vous avez le temps d'attendre, répondit saint Pierre d'un ton bourru. Et vous, ajouta-t-il, en apercevant saint Yves ; qui êtes-vous? — Avocat. — Oh ! entrez alors, car nous n'en avons pas encore en Paradis.

Une autre version est plus méchante encore, et on y fait jouer au bon saint Pierre un rôle de dupe. La voici en quelques lignes :

On prétend que saint Yves aimait tant les procès et les écritures que, quand il mourut, il craignit de s'ennuyer au Paradis et il se présenta devant saint Pierre muni d'un

·énorme sac rempli de parchemins et de
cédules, pour occuper ses loisirs (1).

Mais saint Pierre lui refusa tout net la
porte, en lui disant qu'on n'entrait point
avec un pareil bagage et qu'il fallait, pour
pénétrer en Paradis, dépouiller entièrement
le vieil homme. Saint Yves cependant, qui
avait plus d'un tour dans son sac, sut si
bien se faire petit et se dissimuler au milieu
de la foule des élus qui entraient, qu'il entra
avec eux ; mais au moment de s'installer,
il fut reconnu par saint Pierre, qui lui ordon-
na de vider la place.

Yves, qui n'ignorait aucune forme de la
chicane, protesta qu'il y avait possession
d'état et déclara qu'il resterait céans jusqu'à
ce qu'un huissier régulièrement assermenté
près la cour du Grand Juge lui eut signifié
en bonne et dùe forme un mandat d'expul-
sion.

Saint Pierre se mit en campagne et cher-
cha partout un huissier pour faire donner
congé à ce plaideur forcené. Mais il ne put
en trouver un seul, attendu que jamais il
n'était entré un huissier au Paradis.

C'est ainsi, et grâce à ce tour de passe-
passe procédurier, que Yves resta parmi les
saints et devint le patron de la gent chica-
nière.

(1) On sait, du reste, que saint Yves, en sa
qualité de grand paperassier, était aussi le patron
des marchands de parchemins.

On m'excusera de cette longue légende ; elle explique, jusqu'à un certain point, en montrant le genre de popularité dont jouissait saint Yves, pourquoi on avait accolé à son nom l'épithète « à l'Argent ».

Mais, hélas ! j'oublie que ce n'était qu'un vulgaire calembourg, fait par nos pères sur le nom d'une donzelle quelconque.

Et pourtant : *Ad crucem Yvonis?*

Ces archéologues sont quelquefois féroces!

Non loin de là se trouve la rue des Bourdeaux ou des Bordeaux, dont l'étymologie première était simplement, comme celle de la grande ville de la Gironde, *maisons* ou *petites maisons*, mais elle a pris avec le temps un autre sens. La corporation des personnes qui vivaient là autrefois, tolérée à Paris par Charlemagne, réglementée par saint Louis, dépendait du roi des ribauds et était alors comme aujourd'hui —et plus qu'aujourd'hui — soumise à de sévères observations de police.

Mais revenons à la porte Bellon.

Non loin de cette porte, mais hors la ville, à l'endroit où commence la route de Meaux, près de l'hôtel de Parseval, se trouve le carrefour des Egyptiennes ou plutôt des Egyptiens. Ce nom n'a pas besoin de beaucoup d'explication.

On sait que l'on appelait autrefois Egyptiens — d'où le mot anglais Gypsies — les bohémiens, les tziganes qui parcouraient la France alors comme aujourd'hui, mais en bien plus grand nombre, en se livrant à divers petits métiers, et surtout à celui de voleurs (1). Sans doute notre carrefour était le lieu habituel de campement des Egyptiens qui venaient à Senlis, d'où le nom lui en est resté. Le passage de ces bandes pillardes d'hommes noirs et parlant un langage étrange, était toujours redouté de nos pères, et peut-être y a-t-il quelque rapport entre les bohémiens et les jours malheureux (*dies Ægyptiaci*) pendant lesquels, au XVIᵉ siècle, on considérait comme imprudent de se faire saigner, ou d'entreprendre une affaire quelconque ; ces jours néfastes étaient au nombre de deux par mois.

Parfois cependant les Bohémiens ne laissaient que de bons souvenirs dans les villes ou ils passaient, et alors ils demandaient un certificat de bonne conduite. C'est ainsi que nous trouvons dans les archives de Péronne (année 1442, vol. 131, vᵒ) (2), la curieuse mention qui suit :

(1) Voir à ce sujet les travaux si intéressants de M. Bataillard sur les Bohémiens, et notamment le *Bullet. de la Soc. d'anthropologie* de 1879, p. 547, et la *Revue Critique*, numéro de septembre 1875.

(2) Cité par A. de la Fons, baron de Mélicocq : Des sorciers aux XVᵉ et XVIᵉ siècles, dans *Mém. de la Soc. d'Emulat. d'Abbeville*, 1841-49, p. 147.

« (28 octobre 1442). Les Egipciens qui,
audit jour, estoient herbergiez en ladite ville,
pour l'amour de Dieu, ont requis à la ville
d'avoir lettres, comment en icelle ville ils se
sont gouvernez bien et honourablement, pa-
reillement qu'ilz avoient eu de la ville de
Saint-Quentin. Laquelle chose leur a esté
ottroié et accordez, et avec ce leur a esté
donné pour Dieu et en aumosnes, à leur
partement, xxxviii s. print sur la cartelle-
rie. »

Cette bonne conduite — accidentelle, il
faut le croire, — n'empêcha pas les Egyptiens-
Bohêmes d'être souvent persécutés et ren-
voyés hors des frontières, témoin un arrêt
du Parlement de 1612, « portant injonction
à toutes personnes soit-disant Egyptiens de
sortir hors le royaume de France dans deux
mois. »

Aujourd'hui les Tziganes de passage à Senlis préfèrent — sans doute par ordre —
camper à la porte Compiègne, sous l'œil
bienveillant et paternel de la gendarmerie.
Ne nous en plaignons pas (1).

VII. Il nous faut maintenant, après cette
excursion *extra-muros*, rentrer en ville et,
si le lecteur veut bien y consentir, nous
rendre rue des *Coulombs blancs*, qui s'appelait, il y a quinze ans encore, rue du

(1) Cfr. *Com. arch.*, 1879, p. 285.

Pigeon blanc. « Le nom de la rue du *Pigeon blanc* est évidemment dénaturé, dit le « Rapport au Conseil municipal » de 1867, rapport déjà cité ; dans les titres anciens, elle s'appelle rue des *Colombs blancs,* et cette appellation se rattachait sans aucun doute à une vieille légende dont l'origine est indiquée dans de vieilles tapisseries qui décoraient l'église Saint-Rieul, et qui retraçaient les principaux faits de la vie de ce saint. Au bas de l'un de ces tableaux, on lisait :

« Comment saint Denis, saint Rustique et saint Eleutère s'apparurent en Colombs blancs à saint Rieul chantant messe.

« Si telle est cette origine, ce qui est probable, nous avons un double motif de vous proposer de substituer l'inscription des Colombs blancs à celle du Pigeon blanc. »

C'est à la suite de cette proposition, adoptée par le Conseil municipal, que la susdite rue prit la dénomination qu'elle porte aujourd'hui.

Les colombes blanches ont toujours joué un rôle important dans les légendes ; c'étaient les oiseaux de prédilection de Dieu. On sait qu'à la Saint-Nicolas, à l'*Ite missa est,* on lâchait des pigeons blancs chargés de porter au grand saint protecteur des enfants les prières de ses fidèles ; et nul n'ignore que la sainte Ampoule fut apportée à saint Remi, lors du sacre de Clovis, par une colombe plus blanche que la neige. Il n'y a donc rien d'insolite à ce que saint Denis, saint Rustique et saint Eleuthère aient pris cette forme pour venir visiter notre saint Rieul ; et la rue des *Coulombs blancs* peut se vanter d'une illustre origine. On a donc bien fait de lui rendre l'ancienne forme de son nom (1).

Le nom d'une rue voisine fut aussi heureusement modifié à cette époque, et on me permettra de citer encore une fois le Rapport de MM. Vatin, Vernois et Cultru, enfoui depuis 1867 dans les registres de l'hôtel-de-ville ou dans un coin ignoré du *Journal de Senlis* du 4 janvier 1868 :

« Au haut de la rue du Châtel et après celle de Sainte-Catherine, se trouve la rue Peravi ; nous avons cherché longtemps l'origine de cette inscription, qui, dans plusieurs documents, est écrite d'une manière différente, et enfin, le mss. (de 1522) que nous avons précédemment cité, nous a mis sur la trace que nous avions inutilement recherchée ; dans la rue de la Treille, qui est voisine, existait un hôtel qu'on appelait l'hôtel de la Treille ; cet hôtel appartenait à un personnage notable, ainsi que le prouve une annotation tirée de ce document, et qui est ainsi conçue :

« Les hoirs ou ayant cause de Monsei-
« gneur de Saint-Peravy, pour leur maison

_____

(1) Cfr. *Com. arch.*, 1880, p. 150.

« séant en ladite rue, nommée l'hôtel de la
« Treille, cette maison tient d'une part aux
« religieux de Saint-Maurice.,. »

« Il est donc évident qu'il y avait là un
noble homme, qui a donné son nom à la
rue Peravy : dans ce cas, il n'y aurait lieu
que de faire une légère addition, et de
mettre comme inscription : rue de Saint-
Peravy. »

La famille de Saint-Péravy appartenait à
l'Orléanais (1).

Aux documents cités par M. Müller (*Com.
arch.* 1881, p. 203) et concernant les personnages qui ont porté ce nom, je puis
ajouter, dans un registre du Trésor des
Chartes (2), à la date du 28 juin 1415, un
« eschange de 14 livres 8 sols 2 deniers
parisis de rente à prendre sur la recepte du
Roy à Paris avec aultres rentes que le Roy
avoit droict de prendre sur deux maisons en
la ville de Gonesse, à la somme de 100 livres
tournois de soulte, entre Simon Davy,
chevalier, seigneur de Sainct-Père-Avy et

---

(1) On trouve dans le *Mercure de France* (de
septembre 1757), copié par Dom Grenier (Bibl.
Nat., *Collection de Picardie*, tome LXVIII,
fol. 1, la généalogie d'une famille de Roche-
chouart-Pontville dont la terre de Pontville était
située dans la paroisse de Saint-Peravi en
Beauce.

(2) Cité dans le *Cabinet historique*, tome III,
p. 215.

chambellan du duc d'Orléans au nom de sa femme, et le Roy Charles VI. »

VIII. « Nous soupçonnons, disent les auteurs du Rapport sur les rues de Senlis, que le nom de Chat-Héret a été déformé; il est peu probable que le long du château royal, où il devait y avoir une rue principale, et surtout le long du prieuré de Saint-Maurice, bâti en 1260 par saint Louis, avec toute la magnificence des constructions de ce temps, on ait donné à cette rue le nom de Chat-Errant; mais, à défaut de documents, nous n'avons aucune proposition à vous faire. »

M. Müller (*Comité arch.*, 1878, p. 158) suppose que le nom de cette rue vient d'un hôtel qui portait le même nom à la fin du XVI⁰ siècle (1). Mais cela ne résoud pas la question; au lieu de chercher directement l'origine du nom de la rue, il faut alors chercher celle de la curieuse enseigne à qui cette rue doit son appellation actuelle.

D'après le dictionnaire de Littré, *haret* est un terme de chasse — dont il ne donne pas l'origine — et qui signifie un chat sauvage, et aussi un « chat domestique qui va dans les bois vivre de gibier. »

Ni Ducange, dans son *Glossaire*, ni Lacurne de Sainte-Palaye, dans son *Diction-*

(1) Afforty, VI, 3331; X, 3339, 7801.

naire de l'ancien langage françois (Niort, 1877), ne donnent ce mot.

Il demeure cependant bien certain que c'est là une expression de vénerie qui désigne tout bonnement en France l'animal que vulgairement on appelle chat sauvage.

Mais d'où vient ce mot *haret* ?

On voit que Littré, le grand maître en fait d'étymologies scientifiques françaises, est muet sur ce point, et je ne ferai certainement pas l'honneur de discuter son système au fantaisiste ridicule qui prétend que *haret* vient du nom donné par les Hébreux au bois *haret*, qui appartenait à la tribu de Juda et renfermait beaucoup de chats, si l'on en croit le *Premier livre des Rois*, ch. 22 !...

J'en étais là de mes recherches sur ce petit point d'histoire locale, quand un ancien habitant de Senlis, que beaucoup de mes lecteurs ont connu, M. le docteur Assolant, curieux, comme on le sait, des choses du passé, me dit un jour au sujet de ce nom singulier :

« *Haret* ne voudrait-il pas dire *pendu* (d'où *hart*) ? La tradition veut qu'il y ait eu un pilori dans la rue du Chat-Haret à l'entrée de la petite ruelle qui contourne le couvent de Saint-Joseph. Ce pilori était probablement sur l'emplacement de la justice du château, car tous ces terrains étaient vagues autrefois et devaient être compris dans l'enceinte du château, qui s'étendait jusqu'au rempart. Dans cette hypothèse, Chat-Haret voudrait donc dire : Chat-Pendu.

« Vous savez qu'au moyen-âge, les animaux étaient assez souvent condamnés à des peines sévères pour des méfaits qu'ils commettaient. Peut-être un chat aura-t-il été ici condamné à mort et exécuté? Et la rareté du fait aura été cause qu'on a donné le nom de Chat-Pendu à la rue située à l'endroit où l'exécution avait eu lieu autrefois. »

Je donne l'opinion pour ce qu'elle vaut, n'y attachant pas plus d'importance qu'il ne faut en donner à une explication ingénieuse.

Il est certain que si le mystérieux *haret* n'avait pas, en vénerie, un sens très précis recueilli par Littré, M. Assolant pourrait bien avoir raison.

Les exécutions d'animaux étaient, en effet, très fréquentes au moyen âge, et notre célèbre jurisconsulte beauvaisin, Philippe de Beaumanoir, s'élevait dès le XIIIe siècle, contre ces exécutions cruelles et ridicules (1).

MM. Léon Ménabréa (2), Emile Agnel (3),

(1) *Coutumes de Beauvoisis*, édit. publiée par M. le comte Beugnot, tome II, p. 485.

(2) *De l'origine des jugements rendus au moyen-âge contre les animaux*. Chambéry, 1846, in-8.

(3) *Curiosités judiciaires et historiques du moyen-âge. Procès contre les animaux*. Paris, 1858, in-8. (Dumoulin).

et avant eux le savant Berriat-Saint-Prix (1)
se sont occupés de cette curieuse question.
Ils ont donné de nombreux exemples de
procès faits aux animaux depuis 1266 jusqu'à la fin du XVIe siècle. Aucun de ces
exemples ne concerne des chats.

En revanche, plusieurs ont trait à des
faits qui se sont passés dans notre région, à
Laon, dans le Valois, à l'abbaye de Beaupré,
près Beauvais.

J'ai été fort étonné, je l'avoue, de ne pas
voir parmi ces exemples celui de la truie
qui fut condamnée à être pendue en 1567
sur la route de Saint-Nicolas d'Acy, pour
avoir à moitié dévoré une enfant. Et puisque le hasard de cette causerie m'a amené à
en parler, je donnerai ici le procès-verbal
de cette exécution, que je crois inédit (2).

« A tous ceulx qui ces présentes lettres
verront, Jehan Lobry, notaire Royal et Procureur au Bailliage et siège présidial de
Senlis, Bailly et garde de la justice et Seigneurie de St Nicolas d'Acy les dits Senlis
pour Messieurs les Religieux, prieur et couvent du dit lieu, salut. Savoir faisons, veu

(1) *Rapport et recherches sur les procès et
jugemens relatifs aux animaux*, dans *Mém. de
la Soc. des Antiquaires de France*, Paris, 1829,
tome VIII, p. 403.

(2) M. Müller l'a seulement signalé (*Com.
arch.* 1879, p. 269) d'après Afforty.

le procès extraordinaire fait à la requeste du Procureur de la Seigneurie du dit Saint Nicolas, pour raison de la mort advenue à une jeune fille agée de quatre mois ou environ, Enfant de Lyenard Darmeige et Magdeleine Mahieu, sa femme, demeurants au dit Saint Nicolas, trouvée avoir été mengée et dévorée en la tête, main senestre et au dessus de la mamelle dextre par une Truye ayant le museau noir, appartenant à Louis Mahieu frère de la ditte femme et son prochain voisin; Le procès verbal fait de la visitation du dit Enfant en la présence de son parain et maraine qui l'ont recongnu; Les informations faites pour raison du dit cas, interrogatoires des dits Louis Mahieu et sa femme avec la visitation faite de la ditte Truye à l'instant du dit cas advenu et tout considéré en Conseil, il a été conclud et advisé par justice que pour la cruauté et la férocité commise par la ditte Truye, elle sera exterminée par mort et pour ce faire sera pendue par l'Exécuteur de la haulte justice, ou cinq arbres estant dedans les fins et mettes de la ditte justice, sur le grant chemin tendant de Saint Firmin au dit Senlis, en faisant deffence à tous habitans et sujets des terres et seigneuries du dit Saint Nicolas de ne plus laisser échapper telles et semblables bestes sans bonne et seure garde, sous peine d'amende arbitraire et de pugnition corporelle s'il y échoit, sauf et sans préjudice a faire droit seur les con-

clusions prinses par le dit Procureur à l'encontre des dits Mahieu et sa femme et qu'il
pourra faire cy-apres à l'encontre des dits
Lyenard Dormeige et sa femme, ainsy que
de raison. En tesmoing de quoy nous avons
scellé ces présentes du scel de la ditte justice. Ce fut fait le Jeudy vingt septième jour
de Mars mil cinq cent soixante et sept et
exécuté le dit jour par L'Exécuteur de la
haulte justice du dit Senlis.

« Collationné,

« AFFORTY. »

En quittant la rue du Chat-Haret, on passe
au Puits-Tiphaine appelé le Puits de Feigne
en 1363 (*Com. arch.*, 1878, p. 158) et que
l'on trouve sous cette forme jusqu'en 1660
(*Com. arch.*, 1880, p. 29 ; 1881, p. 131).

On a prétendu (*Com. arch.*, 1882-83, p.
xx), en se basant sur une fête de la Tiphaine (Theophania = Epiphanie), qui se
célébrait à cet endroit, que Feigne en était
une corruption.

Je crois au contraire que c'est Feigne qui
est bien l'appellation primitive, et que le
nom de ce puits vient de celui d'une famille
notable qui habitait probablement le voisinage et à la libéralité de laquelle il est dû.
M. Müller (*Com. arch.*, 1880, p. 62 ; 1881,
p. 131 et 205) cite en 1316 et 1343 un Garin
de Fagne ou de Faigne, un Jean de Faigne
(en 1350) et un Guillaume de Faigne (en
1362).

De Feigne, on aura fait Tiphaine, quand le souvenir des bienfaiteurs aura disparu.

Ce nom de Tiphaine, très commun du reste au moyen-âge (1), est encore porté par plusieurs familles de notre contrée.

Après avoir passé la place Lavarande, on arrive à la rue de la Poulaillerie (2), nom qui se retrouve à Paris au XIIIe siècle (A. Franklin, *op. cit. ibid.*), où il existait dans cette rue onze poulaillers; puis on traverse la place aux Gâteaux (3), dont le nom n'a pas besoin d'explication, et on arrive à la Place de Creil (4).

IX. La rue des Haubergiers ou Haubergière s'appelait, il y a peu d'années encore, la rue aux Bergéres. Il ne faut pas s'étonner de cette corruption, si l'on se souvient qu'à Paris la rue des Jeux Neufs est devenue la rue des Jeuneurs, et celle de Sainte-Marie l'Egyptienne la rue de la Jussienne.

Quoiqu'il en soit, c'est aux auteurs du Rapport déjà cité, fait au Conseil municipal

---

(1) Une dame Tyfainne tenait au XIII° siècle, à Paris, une école de filles dans « la Rue où l'on cuit les Oës. » A. Franklin : *Rues et cris de Paris au XIII° siècle*. Paris (Willem), 1874, in-8, p. 39.

(2) *Com. arch.*, 1880, p. 160.

(3) *Com. arch.*, 1879, p. 375.

(4) *Com. arch.*, 1879, pp. 256, 350.

en 1867 que l'on doit encore la réforme de ce vocable.

« Ce nom est évidemment falsifié, disent-ils dans ce document ; dans le manuscrit de 1524, il est souvent question de cette rue, et toujours elle est désignée sous celui de Haubergier ; ce nom, qui s'est trouvé tronqué par suite de l'incurie des anciennes administrations municipales, doit être rectifié. Le Haubergier était un gentilhomme possédant un fief ; il avait le droit d'accompagner le roi, revêtu de son haubert ou cotte de maille, et il n'est pas étonnant que dans une ville de guerre comme Senlis, il y eut un gentilhomme revêtu de cette dignité.

« S'il était permis ici de se livrer à des suppositions, on pourrait croire qu'une partie du fief appartenant au seigneur Haubergier existerait encore ; au coin de cette rue se trouve une de ces charmantes constructions du moyen-âge, qui malheureusement disparaissent chaque jour ; l'intérieur de cet édifice, qui n'a pas été revêtu d'un regrettable badigeon, se fait remarquer par la délicatesse de son architecture, la forme gracieuse de ses fenêtres ornées de meneaux, et surtout par l'élégante construction de la tourelle, dans laquelle était pratiqué un escalier tournant (1) ».

Je pense que l'origine de ce nom de rue

(1) Rapport fait au Conseil municipal en 1867, dans le *Journal de Senlis* du 11 janvier 1868.

est beaucoup moins aristocratique, et qu'il venait tout simplement de ce que c'était là que se groupaient les fabricants de hauberts (1).

On sait, en effet, que le commerce en général, et celui des armes, en particulier, était très actif dans notre ville au moyen-âge.

« Les fabriques, dit Dom Grenier (2), faisoient la base du commerce de Senlis. Celle des heaumes ou casques fermés était fameuse Le *Roman du Chariot de Nismes,* composé au commencement du XIVᵉ siècle, en fait une mention honorable... »

A côté de cette indication, je rappellerai celle que j'ai donnée plus haut (p. 43), à propos du « heaume gemmé fait à Senlis » et lacé par le petit Bégonnet dans Garin le Loherain, chanson de geste du XIIᵉ siècle

La rue du Heaume devait aussi probablement son nom à cette fabrication de casques, à moins que ce nom ait tout simplement pour origine une enseigne. Mais, dans tous les cas, il n'est pas douteux que cette fabrication avait une grande importance dans notre ville et il est aussi très probable que celle

---

(1) Le haubert était, d'après la définition de M. Viollet-le-Duc, une « tunique de mailles à manches et habituellement à capuchon. » Il est question du haubert dès le XIIᵉ siècle. (*Dict. du Mobilier.*)

(2) Dom Grenier, *Collection de manuscrits sur la Picardie*, tome CLXV, p. 107, 108.

des hauberts n'y était pas moins considérable.

Du reste, ce commerce des hauberts et des armes en général était assez répandu dans toute la région et plusieurs villages en tenaient leur surnom : Puiseux-le-Hauberger, par exemple, et Chambly-le-Hauberger, parce que, dit le procès-verbal des Coutumes du Bailliage de Senlis (1), « parce qu'on y fabriquoit autrefois des cottes maillées, dont se servoient les grands barons, que l'on nommoit *Hauberts, seu celsi barones, qui lege suae dignitatis et servitute prædiorum militanti Regi adesse tenebantur loricati, seu cataphracti, ut ait Spelmannus in gloss. verbo Haubert, et verbo Feudum Hauberticum* (2) ».

X. Les différentes municipalités de Senlis se sont toujours montrées disposées à donner aux rues et aux places publiques de la ville le nom des citoyens qui s'étaient signalés par leurs belles actions. C'est ainsi qu'un de nos boulevards porte maintenant le nom de *Rempart des Otages*, que la *Place aux Vins* a changé le sien pour celui du brave général *de Lavarande*, né tout près de là et mort

(1) Extr. du *Grand Coutumier*, in-folio, tome II, p. 4.

(2) Pour ces deux noms de rues, voir encore *Com. arch.*, 1879, p. 412 et suiv.

glorieusement sous les murs de Sébastopol ; de même encore, la place laissée libre par le rasement (1) de la maison de ce fou furieux de Billon conserve le souvenir de sa principale victime, *Aulas de Labruyère*.

Je ne crois donc pas faire injure aux nobles traditions de nos édiles en venant appeler leur attention sur un enfant de Senlis mort aussi, récemment, au champ d'honneur, et je ne puis mieux terminer cette causerie à bâtons rompus sur les rues de Senlis qu'en signalant à qui de droit un nom qui me semble avoir sa place marquée sur une des plaques indicatives de nos voies publiques.

Les journaux du monde entier ont retenti, en 1882 et 1883, des récits du désastre de l'expédition scientifique du docteur Crevaux, qui, parti avec une mission officielle pour explorer les grands fleuves encore imparfaitement connus du haut Parana, fut massacré au Pilcomayo, avec tous ses compagnons, par les sauvages Tobas (2).

(1) La maison du trop fameux horloger senlisien fut rasée après son attentat. C'était la coutume en pareil cas ; M. de Ponthieu (*Légendes du vieux Paris*, 1867) en cite plusieurs exemples (pp. 32, 45, 82) à Paris.

(2) Voir notamment sur ce désastre le *Bulletin de la Société de Géographie de Paris*, année 1883, pp. 6, 103, 390 et suivantes ; 1884, p. 436, etc., l'*Exploration* du 5 septembre 1884, p. 468, et le *Tour du Monde*.

Or, parmi ces courageuses victimes de la science, se trouvait un de nos compatriotes senlisiens, M. Billet, qui, né parmi nous, devait, à 29 ans, sacrifier noblement sa vie en portant haut et ferme le drapeau de la France dans les solitudes de l'Amérique Méridionale.

Louis-François-Xavier Billet était né, en effet, à Senlis, rue de Meaux, n° 6, dans une maison maintenant réunie aux bâtiments du Collège Saint-Vincent, le 16 janvier 1853, de Pierre-Louis-Xavier Billet et de Angélique-Louise Chartier. Il fut déclaré le lendemain à la Mairie par MM. Louis-Victor Mercier, propriétaire, et Victor Chartier, notaire, son grand-oncle maternel.

Son père, originaire de La Ferté-Milon, avait fait ses études à Saint-Vincent, et il s'était établi à Senlis, où il avait épousé, vers 1851, la fille de M. Chartier, de Beaulieu. Son fils se trouvait ainsi allié à plusieurs des plus honorables familles de notre ville.

Après avoir fait ses études classiques au Lycée de Versailles, Louis Billet avait suivi au Lycée Saint-Louis les cours de mathématiques spéciales. Ses études terminées, il voyagea et passa un temps assez long en Italie. De retour à Paris, il s'occupa très activement de chimie et travailla pendant plusieurs années au laboratoire de l'Ecole des Hautes-Etudes, à la Sorbonne. C'est à cette époque qu'il se fit recevoir licencié ès-sciences physiques. Il entra ensuite à l'Observatoire de Montsouris, où il consacra une année entière aux études astronomiques : le savant amiral Mouchez, directeur de cet Observatoire, appréciait beaucoup la variété et l'étendue de ses connaissances. C'est de là qu'il partit pour accompagner au Sénégal M. le docteur Bayol dans le voyage qui conduisit ce dernier de Boké à Médine, par Timbo.

Malheureusement, quand l'expédition avait quitté la voie du fleuve pour se mettre en marche à travers les terres, Billet, déjà très éprouvé par les fatigues du voyage sous ce climat meurtrier, tomba malade et fut atteint de fièvres pernicieuses. Il essaya cependant de lutter contre le mal, et pendant deux jours il poursuivit courageusement sa route avec ses compagnons. Mais, au bout de ce temps, ses forces étaient à bout ; de plus, on était arrivé au point où le docteur Bayol devait expédier les dernières nouvelles de l'expédition. Il fallait donc se décider à retourner ou risquer, en faisant une étape de plus, de ne pouvoir revenir. Les compagnons de Louis Billet, effrayés de son état, obtinrent qu'il renonçât à pousser plus avant.

Ce fut une cruelle déception pour le jeune voyageur, qui se promit bien de prendre sa revanche.

Un séjour de quelques mois à Paris le remit bientôt, et, dès que sa santé fut rétablie, ne trouvant pas alors l'occasion d'entreprendre quelque grand voyage scientifique, il alla, en attendant, visiter l'Allemagne.

J'ai eu sous les yeux une lettre datée de Munich, le 20 septembre 1881, et qui m'a été gracieusement communiquée. Cette lettre, pleine d'*humour*, décrit la Forêt Noire, Stuttgart, Ulm et Munich, et montre que notre jeune compatriote avait la plume alerte et emportait partout avec lui sa bonne humeur française et son esprit parisien.

Cependant, de pareilles excursions ne pouvaient suffire à son activité. Aussi fut-il heureux quand l'occasion se présenta de partir pour l'Amérique avec l'expédition du docteur Crevaux, qu'il devait seconder dans ses recherches scientifiques et géographiques. J'ai déjà dit plus haut quelle catastrophe mit fin à cette expédition.

Cette catastrophe fit périr, dans la personne de Louis Billet, un homme qui donnait les plus hautes et les plus légitimes espérances.

M. Billet était, en effet, un esprit curieux dans la meilleure et la plus large acception du mot. Dans ce temps de spécialisation à outrance, il voulait tout connaître, et sa noble ambition de tout savoir ne le rendait pas superficiel et ne l'empêchait pas d'approfondir les choses qu'il apprenait. Aussi, cet homme de 29 ans avait-il déjà, au moment où il est mort, des connaissances presque encyclopédiques.

Mais Louis Billet n'était pas seulement un

vrai savant; c'était encore un lettré et un artiste. Doué d'une excellente mémoire, il possédait à fond tous les grands auteurs de notre littérature et il en savait par cœur des fragments étendus qu'il aimait à citer avec à-propos. De plus, il était également passionné pour la musique et pour la peinture.

C'est ce jeune homme si bien préparé à jouer un rôle utile et brillant que le casse-tête d'une brute à face humaine a lâchement assommé dans une forêt sauvage, et c'est pour ce martyr de la science française que je viens demander un souvenir à la ville de Senlis, où il est né et où il compte encore beaucoup de parents et d'amis.

Le docteur Crevaux, son chef et son com-pagnon, va avoir sa statue en Lorraine. Je n'en demande pas tant pour Billet. Si notre Municipalité — par respect pour les tradi-tions et les habitudes prises — ne peut disposer d'une plaque de nos rues pour y inscrire son nom, ne pourrait-elle pas au moins faire reproduire son portrait et le placer dans le musée naissant de notre Hôtel-de-Ville? Sous ce portrait une courte inscrip-tion rappellerait où il est né et comment il est mort, expliquant ainsi le double motif qui l'a fait placer parmi nos illustrations senlisiennes.

Tout le monde ne peut aller à trois mille lieues de son pays se faire casser la tête à la poursuite d'une héroïque chimère; mais tout le monde doit honorer la mémoire de ceux qui le font, et, dans notre siècle de prosaïsme et de nivellement général par la recherche des intérêts matériels, c'est le devoir des corps constitués de ne pas laisser perdre le souvenir et l'exemple de ceux qui, en somme, ont rendu service à tous, puisque, au prix de leur vie, ils ont fait honneur à ce grand Tout dont chacun de nous est une petite part, et qui s'appelle : la Patrie!

IV

Un réformateur religieux au XVIIe siècle. L'abbé Bourdoise.

I. *L'abbaye de Saint-Vincent de Senlis au commencement du XVIIe siècle.* — II. *Premier voyage de M. Bourdoise dans les diocèses de Senlis et de Beauvais.* — III. *Nouveau voyage et relations suivies de M. Bourdoise avec Beauvais et Senlis.* — IV. *Séjour de M. Bourdoise chez le duc de Liancourt.* — V. *Une lettre de M. Deslyons.*

J'ai déjà, dans un chapitre précédent, eu l'occasion de m'occuper, à propos de M. Deslyons, théologal de Senlis, des affaires ecclésiastiques au XVIIe siècle. Le désir que j'ai de faire faire à mes lecteurs la connaissance d'un contemporain de Deslyons, pieuse et honnête figure du commencement de ce siècle, m'oblige à y revenir encore.

I. L'abbé Bourdoise n'appartenait pas à notre contrée (1) ; mais la grande influence qu'il a eue, soit par lui-même, soit par ses disciples, sur plusieurs événements qui s'y sont passés au XVII° siècle, et notamment sur la réforme de l'abbaye de Saint-Vincent par le P. Faure, m'ont engagé à en parler ici.

Ce fut en effet M. Bourdoise, qui, consumé du zèle de réformer les mœurs et les habitudes des ecclésiastiques de son temps, accueillit dans l'espèce de séminaire qu'il avait formé à Saint-Nicolas du Chardonnet, le jeune Charles Faure, lorsqu'il quitta momentanément Saint-Vincent, au mois d'octobre 1616, avec le P. Baudouin, son collègue, pour venir étudier à Paris la philosophie.

Ces deux jeunes religieux étaient, du reste, admirablement préparés à entrer dans les vues austères de l'abbé Bourdoise. Leur dernier professeur à Senlis avait été un prêtre appelé Antoine Ranson, qui, chassé de sa cure de Maulers, près Crèvecœur, était venu

(1) Adrien Bourdoise était né près de Chartres, le 1er juillet 1584. Il mourut le 19 juillet 1655. « *La Vie de M. Bourdoise, premier prestre de la Communauté de Saint-Nicolas du Chardonnet* » a été publiée d'après les mémoires de Courtin, par Philibert Descourveaux, en 1714 (Paris, François Fournier. 1 vol in-4°) ; une seconde édition, abrégée par M. Bouchard, a paru, en un volume in-12, à Paris (chez Morin), en 1784. Ces deux éditions sont précédées d'un portrait. Nous citons toujours la première.

chercher un asile dans notre abbaye senlisienne, dont il avait payé l'hospitalité en enseignant le latin aux novices.

L'historien de Saint-Vincent, M. l'abbé Magne (1), ne nous dit pas pourquoi le curé de Maulers avait été « forcé » d'abandonner sa paroisse. Le biographe de M. Bourdoise est plus explicite : « Ce saint prêtre, nous dit-il, était curé de Maulers, dans le diocèse de Beauvais ; son zèle, tout prudent qu'il étoit, l'avoit rendu si odieux à ses paroissiens, que son évêque, qui connaissoit sa vertu, lui permit de les quitter pour quelque temps, pensant, ou que son absence le feroit souhaiter, ou que Dieu se serviroit de luy plus utilement en quelque autre endroit (2). »

Sous ces expressions adoucies, il n'est pas difficile de comprendre que M. Ranson appartenait à cette école nombreuse d'ecclésiastiques qui, au XVIIᵉ siècle, et sous l'influence consciente ou inconsciente de Port-Royal, voulaient la réforme du clergé et le retour de la religion à l'ancienne discipline. On conçoit que le moindre excès de zèle, en pareille matière, pouvait brouiller, au moins momentanément, un curé avec ses ouailles, et la lutte que nous raconte ensuite M. Magne, d'après la vie du P. Faure, nous

----

(1) *Notice sur l'abbaye de Saint-Vincent*, dans *Mém. de la Société Académique de l'Oise*, (Beauvais, 1860).

(2) *La Vie de M. Bourdoise*, livre II, page 84.

montre que l'abbé Ranson n'était pas homme à reculer.

Quoiqu'il en soit, c'est suivant les conseils et sur les instances du curé de Maulers que nos deux jeunes chanoines de Saint-Vincent entrèrent à Saint-Nicolas du Chardonnet, « Aristote de la main gauche et la règle de Saint-Augustin de la main droite (1) », pour se préparer silencieusement à la réforme de leur abbaye.

Elle en avait bien besoin, paraît-il.

En effet, elle « n'avait rien de régulier que le nom. Chaque religieux y vivoit en son particulier, et la maison étant ouverte à toute heure, servoit de rendez-vous à la plupart des gens de la ville qui n'y venoient que pour jouer ou faire bonne chère. Si tôt qu'on y eût appris que le P. Baudoin et le P. Faure demeuraient dans la communauté de M. Bourdoise, on leur écrivit lettres sur lettres, pour les obliger d'en sortir promptement, parce, disait-on, qu'il faut se défier de toutes les nouveautéz ; mais la véritable raison était, qu'ils appréhendoient que la vie réglée qu'on y menoit n'inspirât à leurs confrères, la pensée de réformer l'abbaye de Saint-Vincent (2) ».

Nous ne suivrons pas ici toutes les péripéties de cette lutte dans laquelle les chanoines

(1) *La Vie de M. Bourdoise*, p. 85.

(2) *Id.*, p. 86.

allèrent jusqu'à supprimer la pension qu'ils devaient payer à leurs confrères pendant leurs études. Ce récit nous écarterait complètement de notre sujet, et il a d'ailleurs été fait par M. l'abbé Magne, dans sa *Notice sur l'abbaye de Saint-Vincent*, où il a cependant, comme il l'avoue lui-même, « sans manquer de fidélité à l'histoire », ce dont aucun de ceux qui l'ont connu n'aurait songé à le soupçonner, « jeté un voile de respectueuse discrétion sur le spectacle qu'offrirait l'histoire détaillée de cette décadence ». Ce qu'il en a dit laisse assez voir combien la réforme entreprise était nécessaire, et elle aboutit heureusement, grâce surtout à l'appui que lui donna M. de La Rochefoucauld, évêque de Senlis, ami et protecteur du P. Faure, qui lui dédia sa thèse de baccalauréat en théologie (1).

II. Cependant l'abbé Bourdoise, qui avait eu tant de part à cette réforme, ne perdait pas de vue ses chers élèves de Senlis, et en 1620, il alla, en compagnie de M. Bernard du Chesne, diacre, frère de M. du Chesne, docteur de Sorbonne, et chanoine de la Cathédrale de Beauvais, leur rendre une première visite.

Ce fut une sorte de pèlerinage ou mieux encore de mission.

(1) *La Vie de M. Bourdoise*, p. 89.

Les deux ecclésiastiques, voyageant à pied et couchant dans les monastères et chez les curés, passèrent d'abord par Dammartin et le Plessis-Belleville, où ils arrivèrent le 17 mai et « où ils demeurèrent jusqu'à midy du lendemain, parce que (dit M. Bourdoise), il y avait là un bon curé (1), et qu'il s'y trouva plusieurs ecclésiastiques, avec lesquels il s'entretint des obligations de leur état... »

« M. Bourdoise ayant appris que M. l'Evêque de Meaux devait être le lendemain à Nanteuil, pour y tenir les Calendes (2), ou l'assemblée des Curéz des environs, il s'y rendit le jour même avec plusieurs Curéz, dont quelques-uns prirent goust à la Cléricature (3). Le mardy, après avoir salué Mr l'Evêque et son Grand Vicaire, qui étoit un Docteur de la Maison de Navarre, voyant qu'on se

(1) Le curé de « M. St Jehan Baptiste, église paroissiale du Plessiers-le-Viconte dict Belleville » s'appelait en 1620 Bertrand Hecquard ou plutôt Becquard. (*Registres des Actes de la paroisse du Plessis-Belleville*, au Greffe du Tribunal civil de Senlis, *passim*).

(2) C'est le 19 mai que ces Calendes furent célébrées à Nanteuil. Je trouve dans les registres de Nanteuil M. Pellisier ou Plessier, curé en 1619, et M. Guillaume de Hédange, curé en 1621. L'année 1620 manque.

(3) M. Bourdoise (et son historien d'après lui) désignait ainsi la réforme qu'il voulait introduire dans le Clergé.

disposoit à donner la Confirmation et la Tonsure à dix ou douze Enfants; et étant chargé
de les examiner, il en trouva cinq ou six qui
ne sçavoient pas seulement ce que c'étoit
que la Tonsure, ni quelles étoient les dispo-
sitions pour la recevoir : Il leur persuada de
se retirer, ou (comme il dit lui-même) il les
déroba, afin qu'ils eussent du tems pour se
préparer à cette sainte cérémonie, et il le fit
trouver bon à leurs parens. M^r le Blanc,
qui a été depuis Curé du Plessis étoit un de
ces Enfants; il ne reçut la Tonsure qu'environ douze ans après, étant pensionnaire en
la Communauté de S. Nicolas, et sçavant en
cléricature.

« Nos missionnaires revinrent le jour même
coucher au Plessis avec quelques Curéz, qui
avoient été touchéz de leurs entretiens. Le
lendemain, ces Messieurs ayant de la peine
à les laisser aller, les accompagnèrent jusqu'à l'Abbaye de Chaslis, qui est à demie-
lieue de là, et M. Bourdoise ne leur parla
que de l'excellence et des devoirs de leur
état. Il ne s'arrêta point à Chaslis; mais il
alla coucher à l'Abbaye de Saint-Vincent, où
le Père Faure et le Père Baudouin le souhaitoient depuis long-tems..... Mr Bourdoise
n'eut pas une moindre consolation en voyant
de ses yeux ce qu'on luy avoit dit si souvent
de la régularité de cette Abbaye. Il admiroit
la propreté de l'Eglise et des Ornemens, le
Chant, les Cérémonies, et particulièrement
le silence, la modestie et la piété des Reli-

gieux, et remerciant le Seigneur qui avoit
fait un si grand changement en si peu de
tems, il souhaitoit mille bénédictions au
Père Faure et au Père Baudouin, qui avoient
été les Autheurs de cette réforme : Il assis-
toit aux Offices en surplis, et se trouvoit à
tous les Exercices de la Règle avec les Religieux ; mais cela ne l'empêcha pas de voir
les ecclésiastiques de la Ville de Senlis, et
de s'entretenir avec eux des obligations de
leur état.

« Dès le lendemain qu'il y fut arrivé, il
eût une Conférence de deux heures avec
Mr l'Official de Senlis, qui fut charmé de
l'entendre parler des matières Ecclésiastiques, et qui luy raconta plusieurs particu-
laritéz de la manière dont feu Mr Rose,
dernier évêque de Senlis, gouvernoit son
Diocèse ; son amour pour l'Eglise, sa fidélité
à ses devoirs, l'estime qu'il faisoit de la Tonsure, et la difficulté qu'il avoit de la donner
à des Enfants.....

« Il (M. Bourdoise) voulut, avant que de
s'en retourner, visiter les Eglises pour en
voir la beauté et la propreté, et principale-
ment pour honorer les Saints, sous le nom
desquels elles étoient consacrées. « J'entrai,
dit-il, dans celle de Notre-Dame de la Victoire, sans avoir d'autre dessein que d'y
faire ma prière ; mais étant devant l'Autel,
je fus frappé comme d'un coup de flèche tiré
de la face de l'Image de la Sainte Vierge, et
il me sembloit que j'avois le cœur percé à

jour. Je devois partir le lendemain matin, mais je résolus de venir auparavant dire la Messe à cet Autel, et je le fis avec beaucoup de consolation..... »

« ... Il ne sortit de Senlis qu'avec peine, et dans l'espérance d'y revenir bientôt pour rendre ses devoirs à la Sainte Vierge, et s'informer si ceux qui sembloient avoir goûté ses entretiens, auroient été fidèles à les mettre en pratique. Ils couchèrent chez M. le Curé de Creil, et on y parla de Cléricature ; car c'étoit un bon Curé, qui avoit été Chapelain de Sorbone (1). Le lendemain, qui étoit le Lundy des Rogations, ils partirent de bonne heure, et ayant passé par Merlou, ils allèrent à Cyres ; le Curé qui étoit un homme de mérite (2), ne se trouva pas chez luy, ils y rencontrèrent M. Desbarres, alors Acolythe, et depuis curé de Saint-Germain d'Aumont près de Senlis, qui les accompagna jusqu'auprès de Cambrones, pour jouir plus long-tems de leur entretien...

« Ils trouvèrent à Rantigny, proche de Liancourt, plusieurs ecclésiastiques, entre

(1) Les registres des actes de Creil datant de cette époque manquent au Greffe du Tribunal de Senlis. Il en est de même de Montataire, dont il est question plus loin.

(2) Le seul registre de cette époque conservé au Greffe du Tribunal civil de Senlis pour Cires-les-Mello va de 1612 à 1615. Le curé était alors Jean Caillard.

lesquels était M. Maine, curé de Cambrones,
et depuis, de Saint-Martin de Beauvais :
M. Bourdoise ne put pas s'entretenir long-
tems avec ces Messieurs, parce qu'ils étoient
pressez de partir ; mais ayant accompagné
le curé de Cambrones qui s'en retournoit,
il logea chez luy. Le lendemain il assista à la
Procession ; et voulant partir après diner, il
les conduisit jusqu'à la Garde, pour avoir le
plaisir d'entendre parler des obligations d'un
curé. Ils firent leurs prières dans l'église des
Pères Cordeliers, et ayant quitté M. le Curé,
ils allèrent coucher à la Chaussée qui est une
Annexe de la Cure de Maulers, où M. Ranson
faisoit sa résidence (c'est ce vertueux curé
dont nous avons parlé cy-devant, qui avoit
enseigné le latin aux novices de l'Abbaye de
Saint-Vincent de Senlis, et qui avoit adressé
le Père Faure et le Père Baudoin à M. Bourdoise). C'étoit un homme zélé et charitable
qui aimoit son état, et qui en remplissoit les
devoirs. Il fit de sa maison une espèce d'hôtellerie cléricale, où il recevoit volontiers les
ecclésiastiques qui le venoient voir, pourvu
qu'ils fussent en soutane : car en n'entroit
pas chez lui sans cet habit, et il n'en pré-
toit jamois à ceux qui n'en avoient point...

« La matinée se passa à l'église : car
outre que c'était le mardy des Rogations, on
y faisoit la Fête de Sainte-Restitute qui en
est la Patronne ; M. Ranson fit ce qu'il pût
pour retenir ses hôtes, et les obliger de célébrer avez luy la Fête de l'Ascencion : mais

M. Bourdoise étoit dans l'impatience de voir
la Ville de Beauvais, parce qu'en sortant de
Paris, il avoit rencontré un Religieux, qui
luy avoit conseillé d'y aller, l'assurant qu'il y
trouveroit un Evêque, qui étoit un autre
Saint Charles Borromée; c'étoit Messire
Augustin Potier, qui étoit un prélat plein de
zèle, et très digne de la réputation qu'il
avoit (1).

« Monsieur Bourdoise partit aussitôt qu'il
eût dîné, afin d'arriver de bonne heure;
mais ayant fait un peu plus d'une lieue, il
rencontra Mr de Nully, premier régent du
Collège de Beauvais (qui fut depuis curé de
Liancourt)..... »

L'abbé Bourdoise profite naturellement de
cette rencontre pour essayer de convertir
M. de Nully à ses idées de réformes discipli-
naires. Il revient avec lui à La Chaussée et
fait si bien par ses discours que M. de Nully,
alors acolythe, et les ecclésiastiques de
Maulers et de la Chaussée firent couper leurs
cheveux et se résolurent à observer étroite-
ment les règles extérieures du « Catéchisme
romain » et du « Pontifical ».

Le jour de l'Ascension, nos missionnaires
arrivèrent à Beauvais, chez M. de Nully, où ils
firent de suite la connaissance de M. Le Clerc,

(1) L'abbé Delettre a résumé les épisodes du
voyage de M. Bourdoise dans le diocèse de Beauvais (*Hist. du dioc. de Beauvais*, 1843, Tome III,
p. 391, 392).

principal du collège (dont M. de Nully était premier régent), qui devint par la suite le correspondant assidu de M. Bourdoise, et qui, dès cet instant, convaincu par ses discours, lui procura au Collège la réunion d'une vingtaine d'ecclésiastiques que M. Bourdoise entretint pendant deux heures entières, « et par ce moyen, voilà la Cléricature semée par toute la ville. »

« Ce qui s'étoit ainsi passé au Collège, s'étant aussitôt répandu au dehors, M. Fossart, docteur de Sorbonne, et grand-vicaire de Beauvais, vint voir M. Bourdoise, et fit ce qu'il put pour lui persuader de voir Monseigneur l'Evêque de Beauvais; mais comme le serviteur de Dieu ne refusait pas de paroître devant les Prélats, lorsqu'ils le souhaitoient, aussi ne s'ingéroit-il jamais d'aller chez eux, à moins qu'ils ne le demandassent, ou qu'il n'y en eût quelque pressante nécessité. C'est pourquoy, au lieu de faire ce qu'on luy conseilloit, dès le lendemain, sitôt que la porte de la ville fut ouverte, il sortit secrètement, et alla à l'Abbaye de Saint-Lucien, Apôtre de Beauvais, pour luy recommander le clergé de ce diocèse.....

« ..... Le samedy, nos deux voyageurs couchèrent à Cyres chez M. le Curé, qui étoit un homme de mérite, et connu pour tel dans le diocèse. Ils passèrent le Dimanche à l'Eglise, où ils firent différentes fonctions; le lundi fut employé à de saints entretiens et à écrire des lettres; car c'est de là que

M. Bourdoise écrivit pour la première fois à
M. Le Clerc et à M. de Nully, à chacun une
lettre en particulier, et une troisième en commun pour tous les Ecclésiastiques de Beauvais
qui avoient pris goût à la Cléricature. Il alla
le même jour coucher à Montaterre; et
s'étant dès le soir entretenu assez long-tems
avec le Curé, il en partit le lendemain matin,
et sortit ainsi du diocèse de Beauvais, après
y avoir fait un fruit considérable, quoiqu'il
n'y eut demeuré que huit jours. Il arriva
dans la matinée à Senlis, et y resta trois
jours pour y conférer avec les Ecclésiastiques
qu'il avait vu en passant et les affermir dans
les sentiments qu'il avait tâché de leur inspirer. Il alla à Notre-Dame de la Victoire,
pour remercier Dieu des bénédictions qu'il
avait versé sur leur voyage par l'intercession
de la Sainte-Vierge, et luy recommander de
nouveau ce qui avoit été si heureusement
commencé dans les diocèses de Meaux, de
Senlis et de Beauvais; il passa aussi par
Saint-Denis, pour rendre grâce au saint
apôtre de la France; enfin ils arrivèrent à
Paris le vendredy 5ᵉ juin (1620), surveille
de la Pentecôte (1) ».

III. On me pardonnera très certainement la
longueur de cette citation qui m'a paru
intéressante, non-seulement pour notre his-

(1) *La Vie de M. Bourdoise*, p. 125-136.

toire locale, mais encore comme donnant un curieux tableau de la vie ecclésiastique au XVIIᵉ siècle et de la mission volontaire que s'était imposée l'abbé Bourdoise.

Au mois de juillet de la même année 1620, l'abbé Bourdoise revint à Senlis, d'où il alla de nouveau à Beauvais (1), en passant et en s'arrêtant encore à Cires-les-Mello.

C'est chez le curé de cette paroisse qu'il fit la connaissance de M. Martin, devenu depuis chanoine de Saint-Rieul, à Senlis, et qu'il convertit dès lors à ses idées de réforme (2).

Il assista à la fête de Saint-Samson, à Clermont, faisant des conférences, causant de « cléricature » avec tous les ecclésiastiques qu'il rencontrait, et il rentra à Paris le 9 août en suivant le même chemin.

· Pendant ces voyages, il contracta des liaisons qui durèrent jusqu'à la fin de sa vie, notamment avec M. du Chesne, à Beauvais, avec M. Pluyette, principal du collège de Senlis, et le curé de Saint-Pierre de la même ville (*Op. cit.*, p. 178).

Ses nombreuses relations dans le diocèse

(1) Cfr. Delettre : *Histoire du diocèse de Beauvais;* tome III, p. 394.

(2) C'est à ce M. Martin que M. Bourdoise fit brûler et briser des sculptures sur bois « fort déshonnêtes » et badigeonner « plusieurs tableaux de prix, peu convenables à la modestie chrétienne. » *La Vie de M. Bourdoise,* p. 514.

de Beauvais lui firent dédier à Saint-Lucien
son « *Traité de la Tonsure* » composé en
1623, parce que « les clercs de ce Diocèse
luy avoient donné occasion de composer ces
traitéz. » (*Op. cit* , p. 192).

L'année suivante, il se chargea de prendre
soin des jeunes ecclésiastiques du Diocèse de
Beauvais qui venaient étudier à Paris (*Op.
cit.*, p. 204), et il y en avait alors plus de
cent (*Id* , pp. 205, 238). Ce « Traité de la
Tonsure, » dont nous venons de parler, ins-
pira à l'évêque de Senlis — M. Nicolas
Sanguin — son « Règlement » publié à la
Pentecôte de l'année 1628 (*Op., cit.* p. 276).

M. Bourdoise faisait surtout la guerre aux
ecclésiastiques qui ne portaient pas en toute
circonstance l'habit de leur état. En voici
un exemple, entre beaucoup d'autres cités
par son biographe :

« Un jour qu'il travailloit dans son cabinet (à Paris), on le vint avertir qu'il y avoit
dans la cour un Chanoine de la Cathédrale
de Senlis, qui avoit un mot à luy dire de la
part de son Evêque : il regarda au travers
de la vitre, et voyant un homme en pour-
point qui n'avoit aucune marque de l'état
Ecclésiastique, il ouvrit sa fenestre, et sans
s'informer de ce qu'il demandoit : « Sortez
« (luy dit-il en criant) sortez promptement
« d'icy, ou je vous traiteray si mal, que vous
« vous en souviendrez, et allez dire à vôtre
« Evêque, que s'il m'envoye un Laquais qui
« soit habillé en Laquais, je luy parleray,

« mais s'il m'envoye un Chanoine, il faut
« qu'il soit habillé en Chanoine. » Ces paroles furent comme un coup de foudre pour ce
Chanoine ; il sortit au plus vite sans dire un
seul mot ; et profitant de l'avis, il revint
deux heures après en habit long : « Alors (dit
« Monsieur Bourdoise) je le traitay en Cha-
« noine, et en Chanoine venant de la part
« d'un Evêque. » M. l'Evêque de Senlis
ayant appris la chose, en sçut bon gré au
Serviteur de Dieu, loua hautement son zèle
en son absence, et luy en fit souvent compli-
ment à luy-même. » *(Op. cit , p. 297).*

C'était, comme on le voit, un terrible
homme que M. Bourdoise et il n'eut pas été
bon de se défendre en lui citant le vieux
proverbe : « L'habit ne fait pas le moine »,
qui date du Moyen-Age et qui a peut-être
été la réponse de quelqu'une de ses victimes
au terrible réformateur. Il est certain néanmoins, que la première chose à faire avant
de tenter de donner aux ecclésiastiques le
respect, au moins extérieur, de leur habit,
c'était d'abord de leur faire porter cet habit,
et les Evêques de Beauvais et de Senlis
furent bien inspirés en adoptant avec chaleur
les idées de M. Bourdoise, conformes d'ailleurs aux règlements depuis si longtemps
tombés en désuétude.

Le récit des rapports du supérieur de Saint-
Nicolas du Chardonnet avec nos deux diocèses suffit, je crois, à justifier l'intérêt qu'il y
a pour notre histoire locale, à les rappeler ici.

IV. Mais ce qui rattache surtout le souvenir de l'abbé Bourdoise à notre contrée, c'est le séjour de neuf années qu'il fit à Liancourt, et ses tentatives pour y former une communauté pareille à celle de Paris, qu'il avait renoncé à diriger personnellement en 1641.

Dès 1638, M. Bourdoise était allé faire visite à M. de Nully, son ami, Bachelier de Sorbonne, autrefois Régent de Rhétorique à Beauvais, qui était devenu curé de Liancourt. Cette cure était importante, à cause de la résidence du duc et de la duchesse de Liancourt qui attiraient dans leur château un grand nombre de personnes de marque.

Aidé de ces puissants protecteurs et fortifié de l'approbation de l'Evêque diocésain, M. Bourdoise fit à Liancourt l'essai de toutes les réformes qu'il rêvait pour le clergé ; ces réformes portaient en particulier sur le Rituel et sur la tenue des ecclésiastiques ; mais elles n'en avaient pas moins pour résultat de donner de grands sentiments de piété à tous les fidèles, et on en eut un curieux exemple à Liancourt.

Tout le monde, en effet, y suivait si régulièrement les offices, « qu'un jour, deux Religieux passans par ce Bourg à l'heure des Vêpres, et ne trouvant personne dans les rües ni dans les maisons, ils crurent que la Peste avoit fait mourir tous les habitans, ou que les ennemis les avoient obligéz de s'enfuir, et ils pensoient eux-mêmes à se retirer en diligence ; mais étant arrivéz auprès de

l'Eglise, ils furent agréablement surpris de
la voir pleine de monde, et ne furent pas
moins édifiéz de la modestie du peuple, que
de la piété du clergé. » (*Op. cit.*, p. 489).

Dans son zèle apostolique, M. Bourdoise,
non content de réformer les hommes, par-
vint même à réformer les.... chiens, qui
avaient auparavant la mauvaise et indécente
habitude d'entrer dans l'église ; il dressa si
bien ces animaux — à coups de fouet, bien
entendu — qu'ils n'osèrent plus pénétrer
dans le saint lieu, bien que parfois, pour les
tenter et pour éprouver leur vertu, on les
amenât jusqu'à la porte.

« M. de Liancourt, dit son biographe
(*Op. cit.*, p. 494), ayant appris cela, voulut
en faire l'expérience et en donner le divertissement à un Ambassadeur étranger qui
l'étoit venu voir. Allant donc un jour à la
Paroisse pour y entendre la Messe (car on
n'en disoit point à la Chapelle du Château),
et passant par la basse-court, il fit lâcher
tous les chiens, qui se mirent aussitôt à
abboyer, à sauter et à courir. « Je croyois
« que nous allions à la Messe, dit l'Ambas-
« sadeur, et il semble que vous nous meniez
« à la chasse. — Nous allons à l'Eglise, dit
« M. de Liancourt, ces chiens nous diver-
« tiront en chemin, et ne nous empêcheront
« pas de prier Dieu pendant la Messe. » Et,
en effet, après avoir bien couru et bien sauté,
si-tost qu'ils furent arrivéz à la porte de
l'Eglise, ils se rangèrent en haye pour lais-

ser passer la compagnie, et se tinrent ainsi jusqu'à la fin de la Messe, sans entrer dans l'église, ni faire aucun bruit au dehors. M. l'Ambassadeur en paroissant surpris, M. de Liancourt luy dit que ses chiens en avoient l'obligation à un bon Prêtre, qui leur avoit fait de si bonnes leçons là-dessus, qu'ils ne les avoient point oubliéez. »

Pendant son séjour à Liancourt, interrompu par de fréquents voyages à Paris, le bon abbé Bourdoise alla visiter Noyon et un grand nombre de paroisses des environs de sa résidence. Il ne quitta définitivement Liancourt qu'en 1651, après la mort d'Augustin Potier, évêque de Beauvais, qui avait toujours soutenu ses efforts, mais dont le successeur, M. Nicolas Choart de Buzenval, circonvenu sans doute par ceux qu'incommodait le zèle réformateur de l'abbé Bourdoise, résolut d'unir la communauté de Liancourt au séminaire de Beauvais. « Ce fut, dit le biographe (p. 408), le prétexte dont on se servit pour se défaire honnêtement du Serviteur de Dieu. »

Abandonné par ses protecteurs, le duc et la duchesse de Liancourt, M. Bourdoise dut bientôt céder et il se retira enfin à Paris où il mourut d'apoplexie le lundi 19 juillet 1655.

V. Le gros livre dont nous avons tiré

tout ce qui précède, fut composé en grande partie d'après cinq volumes de lettres de M. Bourdoise adressées à M. Deslyons, doyen de Senlis. Cette circonstance n'est pas faite pour diminuer l'intérêt que doit nous inspirer la figure du fondateur de la communauté de Saint-Nicolas-du-Chardonnet (1).

Qu'est devenue cette correspondance?

Il m'est malheureusement impossible de répondre à cette question, et je signale cette recherche aux intéressés.

Tout ce que nous savons par la biographie même de M. Bourdoise, c'est que, près d'un demi-siècle après la mort de son ami, et peu de temps avant de trépasser lui-même, — il mourut le 26 mars 1700, — Deslyons remit les cinq volumes de lettres qu'il lui avait adressées à la communauté de Saint-Nicolas du Chardonnet, en écrivant à son supérieur, à la date du 17 mai 1699, une lettre que l'historien de l'abbé Bourdoise publie intégralement (page 574) en terminant son livre, et dont nous donnons les passages suivants, qui font autant d'honneur à notre théologal qu'à son pieux correspondant :

(1) Je vo's à la page 477 de la *Vie de M. Bourdoise*, qu'il avait engagé Deslyons à écrire « sur le sujet des Ecoles chrétiennes » (petites écoles). Ce projet a-t-il été mis à exécution par notre doyen et ce travail existe-t-il quelque part ?

« Monsieur,

« Les Ecrits des Saints sont en quelque façon plus vénérables que leurs Reliques, parce que leur doctrine et leurs pensées sont des productions, je veux dire, des infusions et des effusions du Saint-Esprit, parlant et agissant en eux, au lieu que leurs ossemens et leurs habits ne sont que les restes de la pauvreté, de la peau et de la chair mortelle qui couvroit leurs corps. Je crois donc vous faire plaisir et m'attirer, ou mériter la grâce de la Communauté des Saints de votre Communion Cléricale et Paroissiale, — par le don irrévocable que je vous fais des Lettres et Cayers manuscrits de ce vénérable Prêtre, qui en a été le premier, et comme la première Pierre........

« ..... Comme vous m'avez fait l'honneur de m'emprunter déjà par deux fois les fragmens de sa Vie et de ses Paraboles, ils seront mieux conservéz, et plus utiles dans votre Archipresbytère que dans la maison d'un Prêtre si éloigné de l'humilité et des autres vertus de cet Homme de Dieu, qui en sçavoit et en faisoit plus par le sens commun de sa Cléricature dirigée par le Saint-Esprit, que nous avec nos Canons et nos Conciles. J'en conserveray la mémoire avec son Tableau (portrait), et dans la bénédiction que j'ai acquise comme un précieux héritage de fraternité avec vôtre Société; me recommandant instamment à vos prières, je demeureray de vous tous,

« Monsieur,

« Votre très-affectionné Confrère, très-humble et très-obéissant Serviteur

« DESLIONS,

« Doyen de l'Eglise de Senlis,
et de la Faculté de théologie de Paris ».

« A Senlis, ce 17 may 1699 ».

J'aurais pu tirer de ce gros volume des citations beaucoup plus nombreuses intéressant notre contrée, mais les pages qui précèdent suffisent pour signaler son importance à ceux qui voudront s'occuper de notre histoire ecclésiastique au XVII° siècle.

V

Autour du Mont-Pagnotte.

I. *Le Mont-Pagnotte : d'où vient ce nom ?*

On sait que le *Mont-Pagnotte* est le point
le plus élevé de tout notre voisinage. Sa cîme
mesurée au poteau de l'allée du *Grand-
Maître*, a une altitude de 220 mètres au-dessus du niveau de la mer. Plus d'un passant
s'est sans doute demandé, comme moi,
quelle pouvait être l'origine de son nom. Je
n'ai pas la prétention de répondre à cette
question ; je voudrais seulement donner
quelques éléments pour une solution et faire
ici, comme disent les Allemands, une « con-
tribution étymologique. »

D'après le *Dictionnaire* de Littré, le mot *Pagnotte* signifie adjectivement « qui est sans courage, sans énergie. » On le trouve, en effet, avec ce sens, dans des expressions telles que celles-ci :

    « Archers, disparaissez, fuyez, troupes (1)
                                      [pagnotes. »

Pris substantivement, on l'emploie dans la même acception :

    « Darès, voyant telles menottes (des cestes),
    « Se mit du nombre des pagnotes (2) ».

Et encore :

    « Tant le bourgeois étonné,
    « De crainte d'être échiné,
    « Et de mourir en pagnote,
    « Saute du lit dans la crotte (3) ».

C'est très certainement dans ce sens péjoratif qu' « en 1542, dans le Piémont, les Espagnols appelaient les soldats français Pagnottes (4) ».

(1) Legrand : *Le Mauvais Ménage*, scène xxi.

(2) Scarron ; *Virgile travesti*, iii.

(3) *Lucain travesti*, i.

(4) *Le vrai but où doivent tendre tous les gens de guerre*, p. 13 (Cité par La Curne de Sainte-Palaye : *Dictionnaire historique de l'ancien langage français*. Edit. de Niort, 1880, au mot : Pagnotte.)

. D'après Ménage, ce mot, appliqué avec l'acception de soldat de carton, mauvais soldat, viendrait du mot italien Pagnotta, sorte de petit pain. « Les Italiens, dit-il, appellent *Gentiluomini di pagnotta,* ces gentilshommes que les seigneurs louent pour leur escorte aux jours de cérémonie, à cause qu'on leur donnait des pains ce jour-là (1) ».

Et Littré ajoute : « Le nom de la *pagnotta* passa à ces hommes d'escorte, qui, tenus en peu d'estime, déterminèrent le sens péjoratif du mot. »

C'est probablement aussi de cette origine que vient le mot d'argot parisien *pagnotte* avec le sens de : femme de mauvaise vie, d'où *pagnotter*, avoir des relations avec une *pagnotte*, et il est assez curieux de rapprocher de ce mot le vocable breton *pagnottenn*, qui se dit encore dans les Côtes-du-Nord d'une fille acariâtre et de mauvaises mœurs (2).

De tous ces mots on peut encore rapprocher l'injure espagnole si connue : *Pugnetta (Pougnetta).*

Il m'a été impossible, malheureusement, de reconstituer la chronologie de ces divers vocables et de trouver des exemples anté-

(1) Dans La Curne de Sainte-Palaye, *op. cit.*

(2) Je dois ce dernier renseignement à l'obligeance d'un celtisant bien connu, M. Quellien. — V. aussi *Revue de Linguistique* du 15 janvier 1885 : N. QUELLIEN, *Un argot de Basse-Bretagne.*

rieurs à l'influence italienne qu'eurent sur notre langue les relations de la France et de la péninsule, aux XIVe et XVe siècles.

Pagnotte (d'après le même Littré) signifiait aussi, dès le XIVe siècle, une maison de pauvre, probablement une maison où l'on ne mangeait que de la *pagnotta*.

Quoi qu'il en soit, de cet adjectif *pagnote*, on a formé le substantif *pagnoterie*, absence d'énergie, et aussi avec le sens de bévue, balourdise, tel qu'il est employé dans le passage suivant par Voltaire : « Le Suisse, qui imprime pour le libraire Gènevois, s'est avisé dans Alzire, de mettre, V, 7 :

Le bonheur m'aveugla, l'amour m'a détrompé ;

Au lieu de :

Le bonheur m'aveugla, la mort m'a détrompé ;

Cette pagnoterie fait rire (1) ».

Et dans le patois actuel de Genève, *pagnot* signifie encore dadais, nigaud.

Ceci posé, revenons au *Mont-Pagnotte*.

S'il fallait en croire les *translateurs* par à peu près, le nom latin de notre montagne serait « Mons-Pugnatorius », quelque chose comme le « Mont du Combat », et certains archéologues modernes ont tiré de là des conséquences de la plus haute fantaisie.

(1) Voltaire : *Lettre à Panckoucke*, du 9 juillet 1768.

M. Graves (*Canton de Pont-Ste-Maxence,* p. 62) écrit : « On assure qu'il existait autrefois des fortifications au Mont-Pagnotte, sommité de la forêt de Halatte, vers la limite méridionale du territoire de Pontpoint, *dont le nom signifie en vieux français un poste inexpugnable...* » Si ce dernier membre de phrase, malgré son ambiguité, s'applique, comme je le crois, au Mont-Pagnotte, j'ignore sur quelle autorité se fonde l'interprétation du savant antiquaire, et je n'ai pas à m'y arrêter plus longtemps.

J'ai vainement cherché, je l'avoue, dans le Cartulaire de la forêt d'Halatte conservé aux Archives Nationales, et qui remonte au XIVe siècle, le nom du principal sommet de notre grand massif forestier. Faut-il en conclure que ce nom est moderne et aurait réellement quelque parenté avec le *pagnotta* italien ?

Cette hypothèse acquiert une grande vraisemblance si nous continuons à prendre pour guide notre grand maître en étymologies scientifiques et si nous consultons les auteurs des XVIIe et XVIIIe siècles.

En effet, d'après le *Dictionnaire* de Littré, on appelait « Mont-Pagnote, » « tout lieu élevé d'où l'on peut, sans péril, regarder un combat. »

C'est bien là un dérivé du sens de mauvais soldat, de couard, de lâche, que nous avons constaté plus haut pour l'adjectif *pagnote.*

Le sens est bien conservé dans l'exemple suivant : « J'ai oublié de vous dire que, pendant que j'étois sur le Mont Pagnote à regarder l'attaque, le R. P. de la Chaise était dans la tranchée et même fort près de l'attaque, pour la voir plus distinctement (1) ».

En cherchant bien dans les auteurs des deux derniers siècles, on trouverait certainement d'autres exemples ; je ne veux plus en citer qu'un seul :

«... Dans le temps où nous sommes, dit le marquis d'Argenson (2), nous nous tiendrons sur le Mont Pagnotte, comme l'a dit le roi à un souper, devant ses courtisans .. »

Le marquis fait ici allusion à l'attitude prise par ce triste souverain qui a nom Louis XV, lorsqu'on apprit à Versailles la mort de l'empereur Charles VI et que l'on s'occupa du parti qu'il convenait de prendre.

Un écrivain de notre temps raconte l'anecdote avec plus de détails; voici textuellement ce que dit M. le duc de Broglie (3) :

« Comme on s'entretenait à Versailles de la mort de Charles VI (l'Empereur d'Allemagne) et de ses conséquences, le roi, d'abord silencieux, finit par laisser tomber, de son air de langueur habituel, cette parole

---

(1) Racine : *Lett. à Boileau*, 18.

(2) *Journal et Mémoires*, Tome III, p. 230.

(3) *Frédéric II et Marie-Thérèse*. Paris, 1883, Tome I, p. 140.

indifférente : « Nous n'avons qu'une chose à
« faire, c'est de rester sur le Mont Pagnote. »
A quoi l'un des assistants, le marquis de
Souvré, répliqua vivement : « Votre Majesté
« y aura froid, car ses ancêtres n'y ont pas
« bâti. »

Y a-t-il dans ces paroles du courtisan
essayant de secouer la torpeur de son souverain quelque association d'idées, incom-
préhensible pour nous, entre la neutralité,
pour ne pas dire la couardise, exprimée par
le mot *Pagnote,* et la montagne au pied de
laquelle passait plusieurs fois chaque année
la Cour en se rendant de Paris à Compiègne
et réciproquement? Je me garderai bien de
conclure, laissant à de plus hardis le soin de
le faire. Il est curieux, dans tous les cas, de
voir le nom de notre *Mont-Pagnotte* fréquemment usité pendant deux siècles dans
un sens qu'il a complètement perdu aujour-
d'hui.

Je ne mènerai pas plus loin mon lecteur
dans la voie facile, mais décevante, des
hypothèses étymologiques.

II. *Le Chêne à la Belle Image.*

Cette excursion au Mont-Pagnotte et dans
les massifs forestiers qui l'entourent, me
ramène à la biographie de l'abbé Bourdoise
qui a fait précédemment le sujet d'un chapitre.

Un épisode de la vie du saint homme nous donne, en effet, l'origine du nom d'un lieu dit et d'une route de la forêt d'Halatte qui a sans doute plus d'une fois intrigué comme moi, les promeneurs et les chasseurs : je veux parler du Chêne à la Belle Image.

Voici ce que dit à ce sujet l'historien de l'abbé Bourdoise :

. « Le bruit s'étant répandu (à Liancourt), qu'il y avait une Image de la Vierge dans un chêne de la forest de Senlis, où l'on accouroit de toutes parts, à cause qu'on disoit qu'il s'y étoit fait quelques miracles, M. Bourdoise résolut d'y faire unc (sic) voyage pour en sçavoir la vérité. Ayant donc dit la Messe dès le matin, le 28 aoust (1647), il partit de Liancourt sur les sept heures avec M. Desjardins, Prêtre, et un garçon laïque. Ils eurent la pluye pendant tout le chemin, qu'ils firent à pied sans se reposer en aucun lieu, si ce n'est en deux Eglises où ils entrèrent pour saluer le Saint-Sacrement : ils arrivèrent enfin auprès du chêne sur le midy, où ils trouvèrent du monde, nonobstant le mauvais tems. Ils y restèrent près de deux heures, tant à prier, qu'à s'informer de l'origine de cette dévotion.

« L'Image étoit d'environ un pied de haut en une espèce de niche dans un gros chêne, qui est seul au milieu d'un taillis et à cent pas du chemin. Il y avait environ soixante ans que les hérétiques ayant enlevé l'Image qui y étoit, un homme de Saint-Christophe y

mit dix ou douze ans après, celle qu'on y
voit aujourd'hui. On disoit qu'une personne
de Senlis y étant venue cette année, avoit
esté guérie d'une infirmité considérable
qu'elle avait depuis long-temps ; et qu'un
enfant de Verbery, du même diocèse, âgé
de dix ans, y avoit recouvré la parole. Il ne
s'y fît point de miracle pendant que M. Bourdoise y fût, non plus que le lendemain qu'un
Prêtre de la Communauté y alla et y trouva
plus de deux mille personnes.

« Je n'y ai vu aucun miracle (dit M. Bour-
« doise), mais je vous diray seulement,
« ajoute-t-il, que j'ay fait ce chemin par
« une grosse et continuelle pluye, aussi
« gayement que je l'eusse pu faire il y a vingt
« ou trente ans. » S'il n'y a rien là de miraculeux, il ne laisse pas de paroître assez
extraordinaire, qu'un homme aussi âgé et
aussi infirme que l'était alors M. Bourdoise,
eût fait sept ou huit lieues sans s'arrêter en
aucun endroit, non pas même pour dîner.
Ils avoient dans un petit sac du pain, un
morceau de viande cuite, et des poires qu'ils
mangèrent en marchant. M. Bourdoise y
retourna quinze jours après, et se porta
beaucoup mieux depuis ; mais parce qu'il
remarqua qu'il s'y fesoit un concours extraordinaire, et qu'il appréhendoit que sous
prétexte de piété, il ne s'y glissât quelques
abus, il en écrivit bien au long à Senlis, afin,
dit-il, d'en avoir des nouvelles plus assurées,
ou plutôt, afin qu'on y veillât : « Car, quelque

désir qu'il y eût de faire honorer la Sainte-Mère de Dieu, il se défioit toujours des dévotions populaires, jusqu'à ce qu'elles fussent autorisées par les Supérieurs (1) ».

Nous ne rechercherons pas avec le pieux auteur ce qu'il peut y avoir de miraculeux à venir de Liancourt à Fleurines, à pied et par la pluie, même à l'âge de soixante-trois ans — c'était alors celui de M. Bourdoise — avec du pain, de la viande froide et des poires dans son sac. Plus d'un voyageur pédestre se nourrit plus mal pendant toute une journée de route. Mais il n'est pas nécessaire d'être sorcier, n'est-ce pas ? pour voir que toutes les circonstances de ce petit récit s'appliquent bien au Chêne à l'Image de la forêt d'Halatte, et c'est tout ce que nous voulions constater.

III. — *Pontpoint et Levandriac.*

Au pied du Mont-Pagnotte s'étend, tout le long de la rivière d'Oise, la grande commune de Pontpoint qui n'a jamais été, avant de devenir, à l'époque moderne, une division administrative, le nom d'une seigneurie ni d'une paroisse particulière, mais seulement la dénomination générale d'une prévôté royale englobant dans son étendue deux

---

(1) *Vie de M. Bourdoise*, p. 397.

paroisses (Saint-Pierre et Saint-Gervais), et plusieurs fiefs ou villages parfaitement distincts les uns des autres.

Il y aurait beaucoup à écrire sur Pontpoint, et on remplirait facilement un volume à faire l'histoire de cette localité et de ses dépendances (1). Telle n'est pas ici mon intention. Je voudrais seulement dire quelques mots de ses origines et d'une charte les concernant que j'ai été assez heureux pour retrouver, et dont je donne plus loin le texte que je crois inédit.

Il y avait, sous Charlemagne, au lieu que nous désignons aujourd'hui, à l'exclusion de tout autre, par le nom de Pontpoint, un domaine du fisc royal qui s'appelait Levandriac.

On sait que la terminaison *-acum* ou *-iacum,* était un des suffixes ethniques les plus répandus aux origines de notre histoire nationale. Placé à la suite d'un nom propre, il lui donnait une signification géographique.

Nous voyons dans une des Epîtres d'Ausone, que son père Jules avait une terre que l'on appelait indifféremment *Villa Julii* ou *Juliacum,* c'est-à-dire le domaine de Julius ; et il qualifie ailleurs la terre de son disciple

.

(1) Je mets en garde ceux que tenteraient ce travail contre la confusion qui se produit très souvent dans les documents du moyen âge, entre *Pompona-*Pomponne et *Pomponium-*Pontpoint. Il y a là une source d'erreurs faciles à éviter avec un peu d'attention.

saint Paulin, de *Villa Paulini* ou de *Pauliacum*. Je n'insisterai pas sur ce fait qui a été mis en pleine lumière, avec une quantité de preuves à l'appui, d'abord par M. J. Quicherat, dans son *Traité de la formation française des anciens noms de lieu* (1), et après lui par M. Hippolyte Cocheris, dans son ouvrage intitulé : *Origine et formation des noms de lieu* (2).

Ce suffixe datant très certainement d'une période qui a pris fin à peu près à l'avènement de la dynastie carolingienne, indique donc que le lieu appelé Levandriac existait sans aucun doute à l'époque mérovingienne et remontait très probablement à l'installation des Romains dans les Gaules. Il prit son nom du propriétaire gaulois ou gallo-romain à qui il appartenait alors et signifie la propriété, le domaine, le *Vicus* de *Levandre* ou *Leandre* : *Levandri-acum*.

Il n'y a, du reste, rien d'étonnant à ce que, dès cette époque reculée, un riche propriétaire gallo-romain soit venu établir une de ces grandes villas dont on retrouve les traces en tant d'endroits, dans un lieu fertile et si bien desservi à la fois par la rivière d'Oise, dont la vallée s'appelait souvent au moyen-âge *Vallis aurea,* et par la grande voie romaine que nous désignons encore au-

(1) Paris, Franck, 1867, in-12.

(2) In-12, Paris (s. d.), Biblioth. de l'*Echo de la Sorbonne.*

jourd'hui sous le nom de Chaussée de Pontpoint.

Levandriac était un lieu très important à
l'époque gallo-romaine, puisqu'un embran-
chement spécial de la grande voie militaire
y menait de Senlis et s'y arrêtait (1). Il n'est
pas possible, en effet, qu'elle passât l'Oise
sur ce point, puisqu'une autre branche de la
même voie, partant de Senlis, traversait la
rivière à Pout, à très petite distance de là,
se dirigeant vers Estrées et le nord de la
Gaule. Ce fait d'une chaussée spéciale pour
mener à Levandriac indique donc en ce lieu
une très grande *villa,* un domaine très considérable.

Charlemagne donna ce domaine, en même
temps que celui de Sainte-Maxence, à l'abbaye de Saint-Laumer, au diocèse de Blois ;
mais son petit-fils, Charles-le-Chauve, trouvant cette donation trop onéreuse, revint
sur la libéralité de son aïeul et la reprit à
ces religieux en leur donnant d'autres biens
en échange. C'est ce que nous apprenons
par un diplôme imprimé dans le GALLIA
CHRISTIANA (tome VIII, Preuves, col. 411),
lequel est daté de Ver (Vernemptae-Villa)
en 842, et qui nous dit que ce domaine du
fisc était nommé Levandriac ou Pompoint
(fiscum nostrum qui dicitur vicus Levan-
driacus, alio autem nomine Pomponnus).

(1) D. Grenier : *Introduction à l'hist. de
Picardie.* Amiens, 1856, in-4°, p. 474.

Un autre diplôme du même roi, daté de 861, concerne une donation que fait ce prince à l'abbaye de Saint-Denis, de divers biens situés en ce lieu, d'un moulin, d'une pêcherie et de onze serfs (ex rebus fisci nostri Pomponii, in pago Belvacense, in loco qui dicitur ad Sanctam-Maxentiam (1).

Depuis ce moment, les rois Carolingiens et, après eux, les Capétiens conservèrent ce domaine et y vinrent souvent. Il avait perdu depuis longtemps son nom primitif de Levandriac, et on l'appelait indifféremment Château de Pont ou Château de Fescamp. Le petit manoir connu aujourd'hui sous cette dernière dénomination, et situé dans le parc du Moncel, est un reste de la dernière transformation que subit à une époque plus récente l'antique château royal.

M. Graves (Canton de Pont-Sainte-Maxence, p. 56) cite plusieurs diplômes royaux datés de ce lieu à partir du XIVe siècle. J'ai été assez heureux, ainsi que je le dis plus haut, pour mettre la main sur un document plus ancien que j'ai copié il y a quelque trente ans, dans les archives du château de Roberval, mises gracieusement à ma disposition, et que je transcris ici, à cause du double intérêt qu'il présente pour notre histoire locale :

(1) *Arch. Nat.*, K. 13, n° 8. — *Table des diplômes*, tome I, p. 257, et Tardif, *Monum. hist.*, *Cartons des Rois*, n° 182.

« In nomine Sancte et Individue Trinitatis.

« Ego, Adelaïdis, Dei gratiâ Regina Francorum. Notum sit omnibus ecclesie fidelibus, tam presentibus quam futuris, quod Ego Adelaïdis Regina sanctis (?) monialibus in Ecclesiâ sancti Remigii que in suburbio Silvanectensi sita est, Deo servientibus, quamdam mansuram quam in villa que Pomponium dicitur, possident, ex omnibus consuetudinibus ad nos pertinentibus, pro salutem anime mee et filii mei Regis Ludovici, liberam fere concessimus, et omnes usus et consuetudines ville quas hospites nostri habere noscuntur, hospitibus in eadem mansura degentibus et in nemore et in plano concessimus. Quod ut ratum et inconvulsum permaneat, pro scripto firmari et sigilli nostri auctoritate muniri et subscriptorum testium nominibus corroborari precipimus. S. Sansonis de Martyreio. S. Guillelmi Buticularii. S. Balduini Flandrigene. S. Radulfi de Vico. S. Rogerii de Alneio. S. Fratris Giraldi. Et si hospites vel eorum animalia in aliquo commiserint, absque lege............ .... Actum Silvanecti, anno ab Incarnatione Domini millesimo centesimo I. III° (1153). Data per manum Ebroini cancellarii. »

Au revers : « Hec est carta Adelaïdis Dei gratiâ regina Francorum ». Et plus bas, d'une autre écriture du commencement du

XIV⁸ siècle : « Ce est la chartre de
Pomp..... »

Comme on le voit, il n'est plus question
ici du vieux nom de Levandriac, oublié
sans doute depuis l'époque carolingienne et
remplacé définitivement par celui de Pontpoint.

IV. *Hermenc et Saint-Christophe.*

Une localité située sur un autre versant
du Mont-Pagnotte nous présente la même
particularité d'avoir transmis jusqu'à nous
le nom qu'elle portait à l'époque mérovingienne, bien que ce nom ait disparu depuis
une époque très reculée. Cette localité est
Saint-Christophe.

C'est la charte de fondation du prieuré,
datée du mois de mai 1061, qui nous apprend
que le lieu sur lequel était alors construite
une petite église, noyau du futur établissement, s'appelait Hermenc (villam nomine
Hermenc), et il n'est pas douteux que ce nom
à consonnance antique date de la même
époque que le Levandriac dont nous nous
sommes occupés plus haut (1).

Mais il est probable qu'ici nous nous
trouvons en présence, non plus d'un vocable

_____

(1) *Cartulaire de Saint Christophe*, publié
par M. Vattier, in-4°, Senlis (E. Payen), 1876.

provenant du nom du possesseur du bien, mais d'un souvenir religieux, rappelant sans doute l'existence à Hermenc d'un ancien temple païen.

Il est impossible, en effet, de ne pas être frappé de la ressemblance de ce nom de Hermenc avec celui d'Hermès, Mercure, une des divinités les plus populaires du paganisme.

Son culte était déjà très répandu en Gaule au moment de l'invasion de César, puisque ce conquérant prend soin lui-même de nous dire qu'il y possédait alors de nombreuses statues (1). On l'y adorait, ainsi que dans les contrées avoisinantes, la Germanie et l'Espagne, sous plusieurs noms différents, parmi lesquels je citerai seulement : Teutatès (2), Vaeso ou Vasso (3), Ogmion (4) et Hermès.

Mercure et Jupiter étaient les deux plus grands et peut-être les seuls grands dieux des Gaulois, avant la conquête romaine. En eux étaient concentrés tous les attributs de la puissance, de la force, de la sagesse, de l'éloquence et de toutes les autres perfections

---

(1) *De bello Gallico*, lib. 6.

(2) V. notamment Tite-Live : *Hist.* Lib. 20, c. 44.

(3) *Bulletin Monumental*, 1875, p. 187.

(4) D. Grenier : *Introd. à l'Hist. de Picardie*, Amiens, 1856, in-4°, p. 170, 171.

que les Romains, dans la manie de tout
diviniser qu'ils tenaient des Etrusques, ont
personnifié plus tard dans d'autres dieux
qui sont venus peu à peu usurper une partie
de la vogue de Jupiter et de Mercure, sous
leurs diverses appellations.

Les actes de saint Firmin, de saint Lucien, de saint Quentin, de saints Crépin et
Crépinien, de saint Rieul, de sainte Macre
et de beaucoup d'autres, sont pleins de faits
qui établissent d'une manière péremptoire
qu'à l'époque de la prédication du christia-
nisme dans nos contrées, le culte de Mercure
jouissait encore, en compagnie de celui de
Jupiter, d'une certaine prééminence sur les
cultes des dieux secondaires. Plus tard,
lorsque, en 742 et 744, Pépin et Carloman
renouvelèrent contre les superstitions
païennes l'ordonnance de Charles Martel,
leur père (1), les seuls dieux qu'ils citèrent
dans leur énumération des idolâtries défen-
dues sont encore Jupiter et Mercure.

Enfin, beaucoup de monnaies gauloises
portent à l'envers un Mercure, et on trouve
ce dieu représenté sur une grande quantité
de monuments rencontrés dans notre sol
national et remontant à la période gallo-
romaine.

Le nom de Hermès était certainement
celui sous lequel Mercure était le plus connu
dans l'antiquité. Sous ce nom, il était honoré

(1) Baluze : *Capitul.*, T. I, p. 146, 158.

de bien des façons, suivant les différents attributs qu'on lui prêtait.

Tantôt c'était le vieux Mercure grec — Hermas — sorte de statue informe sans pieds ni mains (seniores Mercurios, dit quelque part Plutarque, sine pedibus et manibus), le dieu Terme, que l'on voyait, au dire de Cornelius Nepos (1), à l'entrée des temples et des maisons particulières ; tantôt, c'était le long des chemins, de petits monticules sur lesquels on posait en passant une grosse pierre arrondie, image de la tête du dieu (2).

Mais ces démonstrations naïves de la superstition populaire n'étaient pas, même en Gaule, les seules traces du culte de Mercure-Hermès. De nombreux temples lui étaient consacrés, et ces temples devaient le plus souvent, d'après l'usage de ce temps, être situés sur des lieux élevés. Or, la colline de Saint-Christophe, isolée au milieu de l'immense forêt de Cuise et s'apercevant de plusieurs lieues à la ronde, sauf du côté où elle est masquée par le Mont-Pagnotte, était admirablement choisie pour y établir un sanctuaire du grand dieu national.

Le savant D. Grenier *(op. laud.* p. 198) n'hésite pas à placer Hermenc à côté de Mons-Hermarum, en Beauvaisis, aujourd'hui

(1) *Alcib.*, c. 3.

(2) N. Bergier : *Hist. des Grands Chemins de l'Empire romain*, l. IV, p. 325 et suiv.

Froidmont, de Hermes, canton de Noailles, et d'autres lieux plus éloignés qui doivent leurs noms au culte de Mercure. Puis, après avoir cité des monuments consacrés à ce dieu et trouvés dans le Beauvaisis, il ajoute que, suivant certains auteurs, Mercure était encore honoré chez les Bellovakes sous le nom de *Milius* ou *Meliandus*. « L'abbé Le Bœuf, dit-il (1), pense que la montagne de Mont-Mélian, sur les confins du diocèse de Senlis, à une lieue et demie de Louvres, a pris son nom de ce dernier ; que c'était là où était élevée l'idole de Mercure dont parlent les actes de saint Rieul. *Milius* se retrouve dans le nom d'une autre montagne, à peu de distance de Beauvais, où saint Lucien et ses compagnons se retirèrent (2), moins pour éviter la persécution que pour catéchiser les peuples qui y allaient adorer l'idole de Mercure. Ce lieu fut consacré peu de temps après par le sang de saint Maxien et de saint Julien. On éleva à la place du temple païen un oratoire auquel a succédé l'église paroissiale qui porte le nom de Saint-Maxien. *Millianus*, Milly en français, nom d'un bourg du même canton, ne peut venir aussi que du temple que *Milius* ou Mercure avait sur la montagne voisine. »

Non loin de Mont-Mélian, une localité qui

---

(1) *Hist. du dioc. de Paris.* V. p. 538.

(2) Bolland : *Act. SS.* T. I. Janvier, n°14 et 20.

existe encore, porte un nom qui rappelle
probablement sa consécration à Mercure à
l'époque païenne. Je veux parler de Pontarmé,
qui, dans les plus anciens titres, se traduit
ou s'écrit Pons Hermeri, Ponshermerium,
Ponthermer, Pontharmé. J'ignore si le Pont
Remeux que l'on trouve sur un ruisseau dans
le voisinage, ainsi que le « Pons de Rameïa »
sur la Thève rappellent la même origine ou
seulement les bois (ramées) qui les enca-
draient.

J'ai encore cité tout à l'heure, parmi les
noms du Mercure gaulois, celui de Ogmion.
Au risque de passer pour un étymologiste
audacieux ou fantaisiste, me sera-t-il permis
de signaler la curieuse analogie qui existe
entre ce vocable et le nom d'une localité
assez voisine de Saint-Christophe, dont la
tournure singulière est faite pour décourager
les chercheurs ? Je veux parler d'Ognon,
dont la forme la plus ancienne est Ongnion,
Ognion. Si Hermenc était un grand sanctuaire de Mercure, ne pourrait-il se faire
qu'un *sacellum* moins important, dédié au
même dieu sous un autre vocable, ait donné
son nom à ce petit village où l'on a trouvé
maintes fois des antiquités romaines et
mérovingiennes, et qui avait de très fréquentes et très particulières relations de
voisinage avec les habitants de la butte
Saint-Christophe, puisque ses moulins
étaient leurs principaux pourvoyeurs de
farine ?

V. *Les Bronzes de Pontpoint.*

On s'est fort peu occupé de la découverte des bronzes de Pontpoint, faite à une époque où ces sortes de trouvailles passaient à peu près inaperçues.

Ces objets ont été recueillis par hasard, en opérant le défrichement d'un bois non loin du village de Saint-Pierre, et ils ont été donnés au Musée de Cluny en 1844, par M. Eugène Guillemot, propriétaire à Pontpoint. Il est heureux qu'ils soient tombés entre les mains d'un homme intelligent et éclairé qui a compris leur importance; sans lui, ils auraient certainement été perdus, comme tant d'autres, qui, s'ils avaient pu être étudiés, auraient permis aux savants de déterminer beaucoup plus tôt leur origine et l'époque de leur fabrication.

On peut voir, en effet, où en était la science préhistorique en 1844, dans la note par laquelle l'organe le plus autorisé de l'archéologie française annonce le don de M. Guillemot au Musée des Thermes : « Ce don se compose, dit le grave recueil (1), d'armes et d'ornements en bronze *d'origine gallo-romaine...* »

L'âge de bronze était totalement inconnu alors.

---

(1) *Revue archéol.* Paris (Leleux, n° du 15 octobre 1844, p. 479).

Mais ce n'est pas tout; et le Catalogue du Musée de Cluny, dernière édition, parue en 1883, reproduit cette affirmation fantaisiste ou plutôt arriérée de l'origine gallo-romaine de la trouvaille de Pontpoint (1).

Quoi qu'il en soit, les objets en question se composaient, continue la *Revue archéologique* de « bracelets, boucles d'oreilles, hachettes de grandeur et de formes variées, fers de lance, etc. Tous ces objets ont été trouvés liés ensemble par des bandelettes de cuivre très mince (2) ».

Cette dernière particularité nous indique suffisamment que nous sommes ici en présence d'une réunion d'objets sortis d'un atelier de fondeur et destinés à être transportés, probablement pour être vendus; c'est sans doute le bagage d'un colporteur à qui il sera arrivé en passant à Levandriac quelque mauvaise aventure. C'est ce caractère spécial de la trouvaille de Pontpoint qui lui donne son principal intérêt; ce n'est pas le résultat de la fouille d'un emplacement d'atelier de fondeur que nous avons sous les yeux, avec ses déchets de bronze et ses objets imparfaits ou manqués, mais bien un ensemble d'ustensiles destinés au commerce et

(1) E. du Sommerard : *Catal. et descr. des objets d'arts, etc., exposés au Musée des Thermes ou de Cluny.* Paris, 1883, in-8.

(2) Ajoutons des hameçons et des bracelets guillochés.

perdus an moment et au lieu où l'on cherchait à les vendre. Cela distingue les bronzes de Pontpoint des produits de l'industrie que l'on a recueillis dans des ateliers proprement dits, tels que ceux de Luzarches (S.-et-O.), (par M. Hahn); de N.-D. d'Or (Vienne), aujourd'hui au Musée de Poitiers; — de Plainseau (Somme), au Musée d'Amiens; — de Rieux-Mérinville (Aude), au Musée de Narbonne; — de Meytet (Haute-Savoie), au Musée d'Annecy, et de tant d'autres dont il me serait facile de donner ici une longue nomenclature.

Puisque je m'occupe en ce moment des antiquités trouvées sur le versant du Mont-Pagnotte, je signalerai encore des fours souterrains et des fragments d'armes en bronze et en fer rencontrés, vers 1850, dans une coupe de la forêt d'Halatte, non loin du Châtillon. Je ne sais ce qu'ils sont devenus. Ce même lieu du Châtillon, au-dessus de Villers-Saint-Frambourg, pourrait, du reste, récompenser les efforts des antiquaires qui se donneraient la peine de le parcourir. J'ai des motifs très sérieux de croire qu'il y existe un atelier de fabrication de l'époque de la pierre polie. Avis à mes confrères senlisiens.

VI. *Boileau, prieur de Saint-Paterne.*

Tous les historiens locaux ont parlé du singulier hasard qui fit de Boileau, le fameux poëte satirique, un prieur de Saint-Paterne-lez-Pontpoint, et si j'en dis un mot ici, c'est afin de grouper quelques faits épars çà et là et dont quelques-uns sont peu connus.

. Le prieuré de Saint-Nicolas, situé à Saint-Paterne-Pontpoint, relevait de l'abbaye de Saint-Symphorien de Beauvais. C'était un bénéfice simple qui valait, au milieu du XVIIe siècle, 800 livres de revenus, et qui n'obligeait pas à la résidence. Le titulaire était, à cette époque, un chanoine de la Sainte-Chapelle, appelé l'abbé Ponchez de Brettonville, qui se trouvait assez intimement lié avec Nicolas Boileau-Despréaux. Ce chanoine avait, paraît-il, une nièce fort jolie qui s'appelait Mademoiselle Marie de Brettonville, aux charmes de laquelle notre satirique se laissa prendre. La chronique scandaleuse du temps nous dit, du reste, fort peu de choses de leurs relations, mais nous en savons assez pour conclure qu'elles furent des plus intimes.

Il ne faudrait pas, en effet, croire la plupart des biographies de Boileau qui, se copiant les unes les autres, ont fait de ce poëte, même pendant sa première jeunesse, un garçon froid, réservé (1), de mœurs extrêmement sévères, et cela, pour cause

_____

(1) Voir, au sujet de la pudibonderie de Boileau. la croustillante anecdote rapportée par Brossette, dans *Corresp. entre Boileau et Brossette*, publiée par Aug. Laverdet, p. 505.

d'infirmité physique. On lit, par exemple, dans l'*Année littéraire*, que notre poëte « encore enfant, jouant dans une cour, tomba : dans sa chute, sa jaquette se retrousse, et un ·dindon lui donne plusieurs coups de bec sur une partie très délicate » (1).

C'est sans doute cette anecdote qui, jointe à l'opération de la pierre, que Boileau subit fort jeune, donna lieu à toutes les fables qui le représentent comme absolument infirme et dans l'impossibilité de contracter mariage.

Il est certain, au contraire, qu'il y songea très sérieusement, et nous en avons une preuve positive dans l'aventure qui lui arriva avec une certaine demoiselle C*** (2).

« Des Préaux avoit pour Maîtresse et recherchoit en mariage Mlle C. Il fut informé qu'elle voyoit fréquemment un Mousquetaire. Le Poëte, piqué jusqu'au vif, parce qu'il s'en croyoit aimé, résolut sur le champ de ne se marier de sa vie, jugeant par son aventure que toutes les femmes étoient infidèles. C'est dans cet esprit qu'il avance dans sa dixième

(1) Voir Helvetius : *De l'Esprit, Discours III*, chap. I, note *a*.

(2) Cette aventure se trouve racontée dans une lettre de Desforges-Maillard au président Bouhier (*Amusements du cœur et de l'esprit*. Amsterdam, 1741. Tome XI, p. 550). Desforges-Maillard la tenait d'un M. Roger, qui l'avait entendu dire ui-même par le marquis de la Caunelaye, maréchal de camp et ami intime de Despreaux.

Satire, que Paris ne possédoit dans son sein que trois honnêtes femmes.

« Quoiqu'il en soit, il renonça à Mlle C. et lui envoya seulement pour adieu, les quatre vers ci-après :

« Pensant à notre mariage,
« Nous nous trompions très lourdement :
« Vous me croyiez fort opulent,
« Et je vous croyois sage » (1).

« Mlle C. lui fit cette réponse, ou le Mousquetaire la mit sous le nom de sa Maîtresse :

« Pour un fat je n'étois point née ;
« J'ai du cœur et de la vertu,
« Je ne t'aurais point fait c.....
« C'est là ta destinée ».

« C'est ainsi que M. Des Préaux se voua par dépit, à un célibat éternel... » (2).

Comme on le voit par cette anecdote, très postérieure, vraisemblablement, à ses amours avec Mlle de Brettonville, Boileau n'avait nullement renoncé à l'amour et au mariage, avant ce trait cruel que lui lança une infidèle.

Il était, en effet, très jeune quand il connut Mlle de Brettonville.

Ayant fini ses études au collège de Beauvais, à Paris, et ayant été reçu avocat, bien

(1) Cette pièce est imprimée dans *les Œuvres de Boileau* avec les EPIGRAMMES.

(2) *Amusements du Cœur et de l'Esprit*, l. cit.

malgré lui, le 4 décembre 1656, Boileau
n'avait eu d'abord rien de plus pressé que
de renoncer à la basoche. Mais, n'ayant pas
de fortune et obligé de faire quelque chose,
il se mit à étudier en Sorbonne, et c'est
alors qu'il connut le chanoine, prieur de
Saint-Paterne, et sa charmante nièce.

L'oncle étant mort, sur ces entrefaites, en
1660, il profita de ses études ecclésiastiques
pour se faire nommer à la place du prieur
défunt. Mais ce ne fut qu'en 1662 qu'il put
prendre possession de son bénéfice, ce qui
prouve bien qu'il eut quelques difficultés à
faire réussir sa candidature.

Il jouit de ce prieuré pendant huit années,
et il ne fit pas de ses revenus un usage bien
exemplaire, puisqu'on prétend qu'il entretenait avec ces 800 livres Mlle de Brettonville,
qu'il continuait à fréquenter assiduement.
Nous n'avons, malheureusement, aucun
autre renseignement sur cette période de
l'existence du grand satirique. Nous savons
seulement que dès le commencement de ce
scandale, l'évêque de Beauvais, messire
Nicolas Choart de Buzanval, dans le diocèse
duquel se trouvait Saint-Paterne, fit au
jeune prieur les remontrances les plus éner-
giques pour le faire cesser. Enfin, quand il
fut bien convaincu, suivant l'expression d'un
de ses biographes (1), « de la nullité de sa
vocation pour l'état ecclésiastique » et sur

(1) M. Amar, dans sa *Notice* (Edit. Lefèvre).

le conseil, dit-on, de l'illustre président de Lamoignon et du vénérable chanoine Hermant, son bibliothécaire, Boileau se résigna, en 1670, à renoncer à ce bénéfice, mal employé, sinon mal acquis, et il s'en démit de bonne grâce et sans attendre l'explosion des foudres ecclésiastiques, entre les mains de l'Evêque de Beauvais.

En même temps, et par un scrupule qui fait honneur à son caractère, il voulut employer à une œuvre utile l'équivalent des sommes qu'il avait touchées pendant qu'il avait joui de son prieuré. Suivant quelques biographes, il fit distribuer les 6.400 livres que lui avait valu ce bénéfice pendant les huit années qu'il l'avait possédé, aux pauvres de la localité. Mais cela est tout à fait inadmissible, car il est certain que si une somme pareille, très considérable pour le temps, avait été donnée aux pauvres de Pontpoint, il en serait resté quelque trace, soit dans les documents écrits, soit dans la légende locale. Or, on n'en trouve aucune.

Il est beaucoup plus vraisemblable d'admettre la seconde version, d'après laquelle Boileau aurait consacré ces 6.400 livres à doter Mlle de Brettonville, qui entra alors en religion.

Dans tous les cas, et quel qu'ait été l'emploi de cette somme, on ne peut s'empêcher d'admirer le procédé du satirique. « Rare exemple, dit avec raison Louis Racine, donné par un poëte accusé d'aimer l'argent ».

Ainsi finit cette petite aventure scandaleuse, qui nous permet de compter Nicolas Boileau parmi les célébrités se rattachant — d'un peu loin, peut-être — à notre pays (1).

Ce nom de Boileau n'était pas, du reste, nouveau dans nos annales. Il existait, à Senlis même, une famille qui l'a porté honorablement à travers les siècles.

Nous trouvons, en 1311, un Jehannet Boileau (2); en 1486, un Hugues Boileau, lieutenant général du bailliage, qui harangua le roi à son passage à Senlis, au mois d'août, et qui habitait l'hôtel à l'enseigne du *Grand-Dauphin,* dans la rue du Châtel (3); enfin, en 1555, un autre Boyleau, qui n'est pas autrement désigné (4).

En 1672, nous rencontrons encore un Nicolas Boileau, principal du Collège de Senlis (5), puis, plus tard, en 1676, curé de Versigny (6); en 1775, Jacques-Pamphile

---

(1) Voir DELETTRE : *Hist. du Diocèse de Beauvais,* tome III.

(2) *Comité archéol. de Senlis,* 1878, p. 170. M. Am. Margry (id. p. 242) l'appelle Boulon. N'ayant pu vérifier les textes originaux, j'ignore quelle est la bonne lecture; comparez plus bas le Boulon de Boileau de 1775.

(3) *Com. arch. de Senlis,* 1878, pp. 151, 156.

(4) *Id.,* 1891, p. 151.

(5) *Id.,* 1878, pp. 170, 178.

(6) *Id.,* 1879, p. 284.

Boulon de Boileau, maire de Senlis par brevet du roi du 21 mai de cette année (1).

Quoiqu'il en soit, les bâtiments dans lesquels le grand satirique abrita ses amours existent encore et servent d'habitation particulière.

Quant à l'église du prieuré de Saint-Paterne, elle a été démolie, pour cause de vétusté, en 1808.

Peut-être serait-elle encore debout, si Mlle de Brettonville n'avait pas été la nièce de son oncle et si ses six mille quatre cents livres de dot avaient été employées à la restaurer. Les chapelles, elles aussi, ont leurs destinées !

(1) *Com. arch.*, 1878, p. 253. — J'ignore si ces personnages senlisiens avaient quelque rapport avec d'autres Boileau, parisiens, tels que Jean Boileau, clerc du roi en 1375, et son fils Jean, chanoine de Thérouenne ; Hugues Boileau, trésorier de la Sainte-Chapelle vers 1390, et Etienne Boileau, notaire au Châtelet sous Charles VI. (V. Tuetey : *Testaments enregistrés au Parlement de Paris sous le règne de Charles VI;* Lebeuf : *Hist. du Diocèse de Paris,* tome XI, etc.). C'est à ces Boileau parisiens que se rattachait Despréaux. Il faisait remonter sa généalogie et la leur jusqu'à Etienne Boileau, prévôt de Paris au XIIIe siècle. Il fit constater en bonne et due forme cette honorable descendance en 1699. (V. *Corresp. entre Boileau et Brossette,* publiée par Aug. Laverdet. Paris, Techener, 1858).

VI

Pierre de Cugnières,

Conseiller au Parlement,

Seigneur de Saintines, etc.

(Fin du XIII° siècle. — 1346).

A la suite de M. F. Aubert, j'ai tenté, il y
a quelques années, dans les *Bulletins de la
Société pour l'Histoire de Paris et de l'Ile-
de-France* (1), de fournir quelques documents pour la biographie de cet homme
illustre, qui a joué un si grand rôle pendant
sa vie et que la haine du clergé, dont il avait
combattu les empiétements sur le pouvoir
civil, a essayé de ridiculiser et de jeter dans
l'oubli avec la complicité de tous les écrivains
à sa solde.

(1) F. AUBERT : *Bull.* cit., 1884, p. 134 et suiv.;
Vᵗᵉ DE CAIX DE SAINT-AYMOUR : id., 1885, p. 50 et
suiv. — Voir aussi pour Pierre de Cugnières :
F. AUBERT : *Le Parlement de Paris, de Philippe-
le-Bel à Charles VII;* Paris, 1887-89, 2 vol. in-8.

Beaucoup de dictionnaires n'en font même pas mention, et parmi eux, je citerai le plus populaire, sinon le moins mauvais, le *Dictionnaire de Bouillet,* qui l'ignore complètement et qui n'est pas le seul. Les autres, et notamment les grands recueils biographiques Michaud et Didot, ne donnent aucun renseignement ni sur sa famille, ni sur lui-même, en dehors de son fameux plaidoyer de 1329, et de la grotesque tentative que firent ses ennemis, les cléricaux d'alors, pour amener une confusion déshonorante entre lui et le « Marmouset » de l'église Notre-Dame de Paris.

Ce Marmouset, comme nul ne l'ignore, était une figure caricaturale placée au « Cugnet » (au coin) du premier pilier de gauche du chœur de Notre-Dame. Cette figure avait d'énormes narines dans lesquelles on éteignait les cierges après les offices, et on mettait à ses pieds les balayures de l'église. C'était une des curiosités de la cathédrale et le marmot du « Cugnet » passait proverbialement pour le type de la laideur. Les ennemis de Pierre de Cugnières, jouant sur la similitude de son nom et de celui de « Cugnet », ne l'appelèrent plus que Pierre du Cugnet.

La même plaisanterie fut faite à la cathédrale de Sens, où, comme nous le verrons plus loin, Pierre de Cugnières commença sa carrière administrative. On montrait, au premier gros pilier de la nef, du côté opposé à la chaire, une figure grimaçante qui y avait été placée, disait-on, par le chapitre, pour rappeler les difficultés qu'eut Pierre de Cugnières avec l'Eglise. Cette figure, qui se nommait Pierre du Coignet ou du Coignot, a été enlevée à la Révolution et se trouve aujourd'hui au Musée de la ville, mais elle a éte remplacée par une autre tête de pierre que le populaire appelle encore Jean du Cognot (1), et à qui, si l'on en croit un auteur de la localité (2), il ne ménageait pas, tout récemment encore, les invectives.

Comme on le voit, la légende persiste et le ridicule rapprochement imaginé par ses ennemis poursuit encore la mémoire de cet

(1) Je dois ce renseignement à l'obligeance de notre compatriote M. H. Prudhomme, aujourd'hui magistrat à Sens. Voir les ouvrages suivants : TH. TARBÉ : *Recherch. hist. sur la ville de Sens;* A. DUBOIS : *Quelques mots sur Pierre de Cugnières* (Sens, 1884, in-8°); CHAMPFLEURY : *Hist. de la Caricature en France*, etc.

(2) Abbé CARLIER : *Le Gallicanisme et l'Ultramontanisme au Moyen-Age* (Sens, 1864, in-8°), p. 19 : « ..... encore aujourd'hui, si l'on veut, un jour de marché, stationner sous l'orgue de notre cathédrale pendant une demi-heure, on verra des mères amener leurs enfants devant Jean du Coignot, leur montrer la grimace de cet ennemi du peuple (?) et leur apprendre à insulter sa mémoire. »

homme illustre qui fut le conseiller de cinq rois (1).

Je voudrais donc, complétant ici les notes rappelées plus haut, grouper tous les faits que j'ai pu recueillir sur Pierre de Cugnières et les siens, et montrer par la même occasion qu'il appartenait, aussi bien par ses origines que par le lieu de sa résidence, à notre pays, et que nous pouvons le revendiquer hautement pour une de nos illustrations locales.

I

La famille de Cugnières ou de Cuignières (on trouve ces deux orthographes également employées) était originaire du village de ce nom, dans le Beauvaisis (arrondissement de Clermont, canton de Saint-Just-en-Chaussée). Ce village est, d'ailleurs, le seul lieu habité qui porte ce nom en France, et n'aurions-nous que cette donnée, qu'il nous serait permis d'en conclure que Pierre de Cugnières

(1) Voir à ce sujet: Paulin PARIS : *Manuscrits français*, t. IV, p. 37; — LE ROUX DE LINCY et L.-M. TISSERAND : *Paris et ses historiens aux XIVe et XVe siècles*, p. 153 et 494; — *Cartul. de N.-D. de Paris*, publié par GUÉRARD, t. III, p. 284; — Abbé LEBEUF : *Hist. du Diocèse de Paris*, nouv. édit., Paris, 1883, t. I, p. 12; — BIET : *Bull. archéol. du Diocèse de Beauvais*, 1846, t. I, p. 144; — *Dict. de Moréri*; — etc.

appartenait à notre pays. Mais nous avons d'autres preuves de l'origine picarde et beauvaisine de cette maison.

On cite, en effet, dès le XIIe siècle, un Simon de Cuignières, puis, au commencement du XIIIe, Anseau, neveu du précédent, qui fut un des signataires garants de la Charte de commune accordée, en 1197, aux habitants de Clermont-en-Beauvaisis, par Louis IX, comte de Blois. La pièce est datée de Creil (1). Ce même Anseau légua en 1202 à l'abbaye de Saint-Just, les dîmes de la paroisse de Cuignières, et partit ensuite pour la terre sainte (2).

Nous le retrouvons à son retour, vers 1210, parmi les détenteurs de fiefs dépendant du Roi dans le comté de Clermont (« Ansoldus de Coongnières »), et avec lui un Raoul de « Cungnières » qui appartient évidemment au même estoc (3).

C'est très probablement encore à la même souche qu'il faut rattacher un templier appelé Raynaud ou Raymond de Cugnières « miles Belvacensis », qui fut condamné à la

(1) TEULET : *Layettes du Trésor des Chartes,* Paris, in-4e, t. I, p. 193 b.

(2) GRAVES : *Statist. du Cant. de Saint-Just-en-Chaussée,* Beauvais, 1835, in-8.

(3) *Recueil des Historiens des Gaules et de la France,* in-folio, Paris, 1876, t. XXIII, p. 176 *h* et 720 *a.*

prison perpétuelle au Concile de Sens, en 1310 (1).

Puis, à l'époque même où vivait Pierre de Cugnières, nous trouvons encore d'autres personnages du même nom dont nous ignorons le degré de parenté avec le fameux conseiller au Parlement :

Enguerran de Cuignières, que nous voyons cité dans un mandement du bailli d'Amiens du 2 janvier 1319, à propos d'une querelle, ainsi que son neveu Henri « de Bolonesio » (2); Hervieu de Cuignières, sergent d'armes du Roi le 28 octobre 1334 (3); Gobert, sire de Cuignières, chevalier, qui servait au Mans en 1356 (4); enfin, en 1344, une curieuse lettre de rémission de Philippe de Valois (5) met en scène une Marie de Cugnères (Kunères, Qunières, etc.), femme de Jean de Cugnères, dit le Maieur, et mère de Jehannon et Jehannette. Ces Cugnères — dont l'orthographe du nom varie beaucoup,

(1) *Procès des Templiers*, publié par Michelet; 2 vol. in-4°, dans la *Collection des Documents inédits*.

(2) Boutaric : *Actes du Parlement de Paris*, II, fol. 110, v°, n° 5624.

(3) *Biblioth. Nation.* : Manuscrits de Clairambault, *Titres scellés*, reg. 38. — Quittance donnée à Saint-Quentin.

(4) Claibambault : *Titres scellés*, reg. 38.

(5) *Archiv. Nat.*, JJ, reg. 75.

demeuraient à Couloisy, et Marie avait été
jugée et acquittée à Chauny, en 1343, par
les officiers de Madame de Néelle, dame de
Chauny, du chef d'avoir assassiné son dit
mari, à la suite d'une querelle dans laquelle
celui-ci l'avait battue. Tous les détails de
cette pièce donnent lieu de supposer que ces
Cugnières de Couloisy n'avaient rien de
commun avec ceux de Saintines; leur situation paraît des plus modestes, et en 1343 et
1344, Pierre de Cugnières vivait encore et
n'avait rien perdu de son crédit. Si Marie
de Cugnères avait été, de près ou de loin, sa
« petite parente », il est probable qu'elle
n'eût pas manqué d'y faire une allusion au
moins discrète dans les pièces de son procès;
or, il n'en est pas question. Nous croyons
donc qu'elle était complètement étrangère à
la famille des seigneurs de Saintines (1).

Il n'en est peut-être pas de même des
autres personnages que nous venons de citer
avant elle.

L'armorial du sceau du second d'entre

_____

(1) Les mêmes registres du *Trésor des Chartes*,
JJ, 68, n° 261, nous donnent, à la Table, l'indication d'un don de 120 livres tournois sur la recette
de Toulouse fait en 1346 à Pierre de Cuignières.
C'est une erreur. Le vidimus donné par Philippe
de Valois en septembre 1346 « au Montcel-les-
Pont-Sainte-Maxence » porte très lisiblement :
« Pierre de Conignery, écuyer, sire de Mont-
conys », et nullement : « Pierre de Cugnières. »

eux, Hervieu, nous permet même d'affirmer qu'il était tout au moins de la même famille que les seigneurs de Cugnières en Beauvaisis.

Ce sceau porte, en effet, un écu à l'orle, moucheté de... (probablement : hermine), chargé d'un écusson sur lequel il est facile de reconnaître un lion. Or, nous savons par un document ancien (1) que Pierre de Cugnières avait pour armoiries : d'hermines à l'écusson de gueules, au lion d'or ; et, d'autre part, M. Biet *(op. cit.* p. 145) nous apprend que l'on conservait autrefois dans les archives de la cathédrale de Beauvais un sceau de Pierre au milieu duquel était un écusson chargé d'un lion grimpant avec un lambel de quatre pièces au-dessus. Enfin, Jean de Cuignières, chevalier, fils de Pierre, portait sur son sceau, en 1356, un écu à l'orle de..., à l'écusson en abîme chargé d'un lion, penché, timbré d'un heaume cimé d'un plumail, sur champ réticulé semé de fleurettes (2). C'est bien le même armorial que celui du sceau d'Hervieu de Cugnières. Quant au lambel signalé par M. Biet, il indique tout simplement une brisure de puîné et reporterait le sceau des archives de la

(1) *Biblioth. Nat. Cabinet des Titres : Pièces originales,* t. 952, dossier 20.912.

(2) CLAIRAMBAULT : *Titres scellés,* reg. 38. — DEMAY : *Invent. des Sceaux de la Collect. Clairambauld,* in-4° (1885); *Doc inéd.*

cathédrale de Beauvais à une époque anté-
rieure à la mort de Guillaume, frère aîné
de Pierre.

II

Pierre de Cugnières naquit très certainement dans les dernières années du
XIIIᵉ siècle, puisqu'il devait avoir au moins
25 ans en 1322, époque à laquelle il fut nommé
gouverneur et bailli de Sens et où nous le
trouvons sur la liste des maîtres laïques de
la Grand'Chambre du Parlement (1).

Le 29 décembre de la même année, il
s'obligea pour son frère Guillaume de
Cugnières, chevalier, et Dreu Lemaire, qui
plaidaient contre l'évêque de Beauvais pour
une « nouvelleté ». Dans l'arrêt, rendu du
consentement de l'évêque, Pierre de Cugnières, qui était alors conseiller *lay* au
Parlement, est aussi qualifié de chevalier (2).

Il siège encore à la Grand'Chambre le
22 avril 1323 (3) et est qualifié chevalier et
conseiller du roi dans un acte du 15 juin de
la même année, portant accord entre le
prieur de Saint-Faron de Meaux et les maire,
bourgeois et échevins de la commune de
cette ville. Par cet accord, tous les procès

(1) Boutaric : *Actes*, nᵒ 6.930 *a*.

(2) Id., *op. cit.* nᵒ 7.008.

(3) Id., *op. cit.* nᵒ 7.174.

que lesdites parties avaient entr'elles au
Parlement ou devant le bailli de Meaux
étaient soumis à l'arbitrage de Pierre « de
Cuygnières » et de Jean « de Mendevillain »
autre conseiller du roi (1). Il reçoit, le
27 juin suivant, une commission du Parlement (2).

En 1324 il occupe les mêmes fonctions, et
le 1er juin de cette année, il assiste à une
séance de la Chambre des Comptes (3). Il
reçoit, le 25 septembre, avec Hugues de
Chalençon, autre conseiller du Roi, la mission de faire une enquête relative au procès
survenu entre la comtesse d'Artois et la
châtelaine de Saint-Omer (4). Le roi Charles-
le-Bel l'envoie aux conférences d'Arques,
près de Saint-Omer, au mois de décembre
1325, pour traiter de la paix avec les
Flamands (5).

Enfin, en 1329, les 15, 22 et 29 décembre,
il est chargé par Philippe VI d'exposer,
devant l'assemblée des prélats et des barons,
les griefs du pouvoir séculier contre la juridiction ecclésiastique. La lutte oratoire qu'il
soutint devant le roi, dans cette mémorable

(1) Boutaric, *op. cit.* n° 7.266.

(2) Id., *op. cit.* n° 7.288, X¹ᴀ5, f 342, r'.

(3) Id., *op. cit.* n° 7.631.

(4) Id., *op. cit.* n° 7.637.

(5) *Historiens de France*, t. XXII, p. 428 j.
et note II.

circonstance, contre Pierre Roger, archevêque élu de Sens, et Bertrand, évêque d'Autun, est restée célèbre dans l'histoire et fut l'origine de la haine que lui vouèrent les annalistes ecclésiastiques.

Je n'ai pas la prétention, dans ces simples notes de biographie locale, d'apprécier son rôle en cette circonstance (1), ni même d'élucider la question de savoir si Pierre de Cugnières prit la parole comme « avocat du roi » ou comme « avocat général au Parlement » (2).

(1) On peut consulter à ce sujet toutes les histoires générales et les traités spéciaux sur les rapports du pouvoir spirituel et du pouvoir séculier au moyen-âge, et notamment : *Contin. de Guillaume de Nangis*, an. 1329 (édit. Géraud) ; *l'abbé* DE CHOISY : *Hist. de France sous les règnes de saint Louis, de Philippe de Valois, du roi Jean, de Charles V et de Charles VI* (1751), in-12, t. II, p. 30, 31 ; DARESTE : *Histoire de France*, t. II, p. 408-409 ; P. FOURNIER : *Les Conflits de juridiction entre l'Eglise et le pouvoir séculier*, dans la *Revue des Questions historiques*, t. XXVII, 1880, p. 461 ; J. ROY : *Conférences de Vincennes et Conflits de juridiction ;* biblioth. de l'Ecole des Hautes-Etudes, *Mélanges Renier*, 1887 ; etc., etc. — Les actes de cette célèbre controverse ont été publiés par Melchior Goldast dans son recueil intitulé : *Monarchia sancti Imperii;* Hanovre (1612) et Francfort (1614-15); 3 vol. in-folio.

(2) Sur cette question spéciale, je renverrai à

Mon but est beaucoup plus modeste : il s'agit pour moi de donner quelques nouvelles dates dans la vie de ce personnage considérable dont la biographie est si écourtée et si insignifiante dans les recueils publiés. J'y reviens donc sans autres commentaires.

D'après une pièce retrouvée par M. F. Aubert, le roi accordait au clerc de Pierre de Cugnières, le 26 mars 1330, le premier office de sergenterie qui deviendrait vacant (1).

Les Registres du Parlement qui nous ont été conservés ne font plus aucune mention de Pierre de Cugnières pendant près de douze ans ; nous savons seulement qu'il était, en 1332, second président du Parlement de Paris, et qu'il remplaça Hugues de Crusi comme premier président en 1336. Mais d'autres documents nous permettent de jalonner cette longue période de silence, de plusieurs faits qui le concernent.

C'est ainsi que nous voyons qu'il reçoit, le

l'article de M. F. AUBERT, dans les *Bull. de la Soc. de l'Hist. de Paris et de l'Ile de France*, 1884, p. 134 et suiv., et à *Divers opuscules tirés des Mémoires de M. Antoine Loisel... recueillis par Claude Joly*, 1652, in-4, p. 467 à 469.

(1) *Archives Nationales* : Deuxième anc. reg. du Greffe du Parlement, fol. 61, vº et *Bullet. de la Soc. hist. de Paris et de l'Ile-de-France*, 1884, p. 135.

19 mars 1334, un ordre de Jean, fils aîné du Roi, duc de Normandie pour se rendre à Rouen « le jour de Dymenche en la quinzène de Pasques » pour l'expédition des causes de son Échiquier dudit lieu (1). Et le 26 avril suivant, il donne quittance à Pierre Boyau, bailli de Rouen, et au vicomte dudit lieu, de la somme de 60 livres tournois, qu'il a reçue pour ses dépenses de l'Echiquier qui a duré, nous dit cette pièce, du 10 au 26 avril (2).

Au mois de juin 1336, le roi Philippe de Valois lui fait une grâce dont nous aurons à reparler plus loin, quand nous rappellerons les actes de Pierre de Cugnières, en tant que seigneur de Saintines. Il en sera de même d'une acquisition qu'il fit aux religieux de Saint-Quentin de Beauvais, en 1338-1339.

Le 16 septembre 1340, il signe sur le repli du contrat de mariage passé sous le sceau du Roi « en sa tente près le pont de Bouvines » entre Gillequin, fils de Jean, seigneur de Rodemacre, chevalier, et damoiselle Jeanne, fille de Jean, sire de Châtillon (3).

Nous retrouvons le nom de Pierre de

(1) *Cabinet des Titres. Pièces originales,* tome 952 ; dossier 20.912.

(2) Id., *ibid.*

(3) Pièce extraite des « Archives de S. A. S. Mgr le Prince de Condé, » par D. VILLEVIEILLE : *Trésor Généalogique* (Mss. de la Bibl. Nat.), tome 33.

Cugnières dans le registre du Parlement deux ans après, à la date du 26 janvier 1342, à l'occasion d'un accord qu'il est chargé de régler entre le prieur de l'Hospice de Saint-Nicolas-au-Pont, de Compiègne, et l'abbaye de Saint-Corneille de la même ville (1). Il s'agit de la nomination et de la destitution de frères et de sœurs de cet établissement, de corrections infligées à certains d'entre eux et d'autres questions administratives. Pierre de Cugnières, dans cet acte, est qualifié de conseiller et de chevalier du Roi, et on lui adjoint, pour cette délicate mission de conciliation, le bailli de Senlis.

Le 5 juillet, au bas d'un mandement royal, on lit ces mots : « à la relation de messire Pierre de Cuignières » (2) et au mois de novembre de cette même année 1342, le roi lui fait, comme seigneur de Sainttines, une nouvelle grâce dont nous aurons à reparler plus bas.

Un an après, — le 3 juillet 1343, — Pierre de Cugnières intenta un procès en reddition de comptes à un nommé Renaud Grive, tuteur et curateur de Jean et de Marie, enfants de Dreu ou Drieu de Saint-Martin (3).

---

(1) *Arch. nat.* X¹ₐ9, fᵒ 271 rᵒ, dans M. F. Aubert, *loc. cit.*

(2) *Ibid.*, X¹ₐ9, fᵒˢ 247 vᵒ et 248 recto.

(3) *Ibid.*, X¹ₐ9, fᵒ 390 rᵒ, dans F. Aubert, *loc. cit.*

Puis, le 21 juillet suivant, nous apprenons par D. Villevielle qu'il reçut, comme ambassadeur du roi, le serment de fidélité que Humbert, deuxième Dauphin du Viennois, fit prêter au roi par Amé de Roussillon, chevalier, sire du Bouchage et les autres gouverneurs des châteaux du Dauphiné et du Viennois. Il était assisté dans cette délicate mission par Guillaume Flotte (1).

Nous le retrouvons à l'Echiquier de Rouen l'année suivante, où il donne quittance le 4 mai 1344 pour les frais et dépens de ce voyage et de ce séjour, au bailli et au vicomte de cette ville (2).

Enfin, en 1345, il intente un autre procès sur lequel nous devons nous arrêter quelques instants, car il nous permettra de montrer que si les importantes fonctions qu'il a remplies lui donnent une place considérable dans l'histoire de son temps, il appartenait complètement, par ses origines aussi bien que par sa situation territoriale, à la région qui fait l'objet de nos études.

(1) Bibl. de Saint-Germain-des-Prés, à Paris. Mss. de Coislin, vol. Bourgogne. Lyonn. et Dauph., 3. n° 6. dans D. VILLEVIEILLE, *Trésor Généal. Manuscrit*, t. 33.

(2) *Cabin. des Titres : Pièces originales*, tome 952, dossier 20.912.

III

Ce procès était dirigé contre une de ses parentes, veuve de Jean de Cugnières, écuyer, sire de Lamecour, conseiller au Parlement, à laquelle il réclamait une somme — très considérable pour cette époque — d'au moins six cents livres, provenant des revenus qu'elle avait perçus depuis dix ans sur les terres de « Boulencour, le Plessis et Fossé-Saint-Martin », revenus que Jean avait promis de lui restituer (1).

Inutile d'ajouter que suivant l'usage, le litige traîna en longueur ; la veuve ne comparaissant pas, l'arrêt ne fut rendu que le 14 mars 1347 au profit de Pierre de Cugnières, qui était mort dans l'intervalle. Mais là n'est pas pour nous l'intérêt de ce document.

Le Jean de Cugnières dont il est ici question nous est connu par plusieurs actes antérieurs au procès entamé contre sa veuve en 1345.

Ainsi, il est cité en 1334 parmi les juges qui condamnèrent Janson Tenrrenier de Reims, pour le meurtre d'un habitant de cette ville, nommé Perrart, meurtre dont était accusé le prévôt archiépiscopal de

----

(1) *Archiv. Nat.*, X¹A12, f° 49 v° et 50 recto, et AUBERT, *loc. cit.*

Reims, nommé Jean de Senlis. Pierre de Cugnières s'était aussi occupé de cette affaire (1).

Comme nous l'avons vu plus haut, Jean était aussi conseiller au Parlement et qualifié d' « écuyer, sire de Lamecour. » C'était très vraisemblablement un cousin germain de Pierre; mais, dans tous les cas, il était son proche parent et son compatriote.

Lamécourt est, en effet, un village du canton de Clermont, touchant à Cuignières, et dont l'église n'a même été, jusqu'en 1668, qu'un simple vicariat de cette dernière paroisse.

Les autres noms de lieu cités dans la procédure nous reportent également à des localités de notre pays.

Ainsi « Boulencour », qu'il ne faut chercher, avec M. Aubert, ni dans la Haute-Marne, ni dans la Seine-et-Marne, ni dans la Somme, n'est autre que le hameau actuel de Boulincourt, commune d'Agnetz, canton de Clermont, hameau dont le nom s'orthographiait précisément autrefois Boulencourt et plus anciennement encore (au XII° siècle) « Bolleincort ».

Quant au Plessis et au Fossé-Saint-Martin, la banalité de ce premier nom, qui se retrouve encore aujourd'hui dix-neuf fois dans le seul département de l'Oise (sous les

---

(1) P. Varin : *Archives de Reims*, dans *Coll. des Documents inédits*, passim.

formes Plessis et Plessier), nous interdirait
toute tentative d'identification, si le second
de ces vocables ne nous amenait dans une
autre partie du même département où la
famille de Cugnières détenait également des
propriétés.

IV

La terre de Saintines était possédée depuis longtemps par les seigneurs de la
maison de Nanteuil. Une grande partie de
ce domaine revint à Renaud de Nanteuil,
chanoine de Beauvais, à la mort de Philippe, son père, et il la donna, par acte du
mois de janvier 1251, à l'église de Beauvais.
Cette donation comprenait un manoir et son
pourpris avec ses jardins, prés, vergers,
canaux et vignes, ainsi que la dîme de
Giroménil (1) et quelques rentes. Elle fut
confirmée par un autre acte de 1261 ; et
lorsque Renaud eût été élu évêque de Beauvais au mois de mars 1267, il crut devoir
renouveler encore le don qu'il avait fait de

---

(1) Giroménil, aujourd'hui Saint-Sauveur, commune du canton de Compiègne, limitrophe de
Saintines. — Renaud possédait encore les terres de
Noël-Saint-Martin, de Thiers, de Neufmoulin, etc.,
qu'il donna aussi à l'évêché de Beauvais en 1279.
(CARLIER : *Hist. du Valois*, II, p. 131-135,
et III, p. 66).

sa terre de Saintines à la mense épisco-
pale (1).

Simon de Clermont de Nesle, qui succéda
en 1301 à Thibaud de Nanteuil, neveu de
Renaud, revendit Saintines à son Chapitre,
avec les dîmes de Giromenil, pour cinq
cents livres de monnaie forte, au mois de
février 1309, et en échange, l'évêque acheta
d'autres terres voisines de sa résidence de
Saint-Just-en-Chaussée (2). L'année suivante, un chanoine de Beauvais, Thomas de
Sainte-Marguerite, qu'on appelait aussi
Thomas de Verberie, du lieu de sa naissance, donna au Chapitre une somme de
quatre cents livres parisis, et cette somme
fut consacrée à acheter d'autres portions de
la terre de Saintines (3). Le Chapitre de
Beauvais se trouva alors en possession de
presque toute la seigneurie et du château de
Saintines; mais les mêmes motifs qui avaient
engagé Simon de Clermont à l'aliéner —
c'est-à-dire l'éloignement et l'isolement des
autres biens de l'évêché de Beauvais — por-
tèrent également le Chapitre de cette ville à
s'en défaire.

Le 30 novembre 1311, Guillaume de Cu-

(1) BIET : op. cit. p. 135 et suiv.

(2) CARLIER: Hist. du Valois, III, pièces justif.,
p. 77.

(3) DELETTRE : Hist. du Diocèse de Beauvais,
1843, tome II, p. 394.

gnières, chevalier, ayant proposé aux chanoines de lui vendre Saintines en échange
de la terre de Lieuvilliers, près Saint-Just,
son offre fut immédiatement acceptée. Il y
avait là convenance réciproque, le Chapitre
de Beauvais possédant déjà des terres considérables à Lieuvilliers ou dans le voisinage,
et Saintines étant contigu à d'autres propriétés de Guillaume.

Nous trouvons, dans trois documents conservés aux Archives Nationales (1), tout
l'historique de cet échange.

Le premier document est la confirmation
au mois de mai 1312, par le roi Philippe-le-
Bel, des lettres du « Vendredi devant la feste
de sainct Andrieu », de l'année 1311, par
lesquelles Guillaume de Cugnières, chevalier, donne tout ce qu'il possède « en la
ville de Lieuvillier », et quatre fiefs tenus
en foi et hommage de noble homme Jehan
de Falvy, écuier, seigneur de la Hérele, et
mouvant du roi en arrière-fiefs, lesquels
fiefs s'appellent : le fief Drouet Caable, le
fief Mahieu Aguillon, le fief aux hoirs Pierre
le Besgue de Saint-Just, et le fief Johannot
le Charpentier.

En échange, Guillaume reçoit le manoir
« en le ville de Saintines, avec tout le pourpris et clôture qui est entour le manoir et
les appartenanches de cheli....item, la disme

(1) *Très. des Chartes*, JJ, reg. 48, pièces 18,
19 et 20.

de la ville et dou terrouer de Gironmenil,
etc., etc... », que les doyens et chapitre de
Saint-Pierre de Beauvais tenaient à charge
de six deniers de cens annuel, « c'est assavoir trois deniers à l'église Saint-Corneille
de Compiègne, et trois deniers au prévost de
Gironménil ».

Par un autre acte de la même date, également vidimé par le roi, Jean de Falvy (ne
faudrait-il pas lire Flavy ?), écuyer, sire de
la Herèle, comme seigneur dominant de
Lieuvilliers, confirme les lettres précédentes,
renonce à ses droits seigneuriaux sur les
biens donnés au Chapitre à Lieuvilliers, et
prend à leur place des droits analogues et
équivalents sur Saintines et ses dépendances. Saintines qui, jusque là, et tant qu'il
appartenait au Chapitre cathédral de Beauvais, avait été dispensé de tous droits féodaux, sauf les six deniers cités plus haut,
tombait donc sous la suzeraineté de Jean de
Falvi, qui, par compensation, renonçait à
tous les droits qu'il possédait sur les biens
donnés en échange à Lieuvilliers audit
Chapitre.

Enfin, le Trésor des Chartes nous a conservé un troisième document, portant les
mêmes dates; c'est la Charte émanant des
Doyens et Chapitre de Beauvais, relatant et
confirmant les mêmes faits, en ce qui les
concernait.

On voit avec quel soin cet échange avait
été assuré.

Comme Guillaume de Cugnières n'avait pas
d'enfant d'Isabelle du Quesnel, sa femme, le
chapitre avait exigé, en outre, un autre acte
qui fut conclu le mardi après les Brandons
1311 (11 février 1312), et par lequel il décla-
rait qu'après sa mort, Isabelle ne pourrait
rien réclamer sur la terre vendue, et qu'elle
et lui renonçaient absolument « à tous usages
introduits en faveur de dames, à toute indul-
gence de apostole, de roi, guerre, chevau-
chée », etc. De plus, cet acte faisait intervenir
« vénérable et discrette personne » Pierre
de Cugnières, « professeur ès lois », frère
de Guillaume, et son cousin Jean de
Cugnières (1).

Guillaume de Cugnières étant mort sans
laisser d'héritiers directs, en 1319, son frère
Pierre lui succéda comme seigneur de Saintines, et, ayant reconstruit entièrement le
château, il en fit sa résidence habituelle.

Il s'était, du reste, allié déjà à une famille
du pays, ayant épousé, quelques années
auparavant, Jeanne de Néry (2), fille de
Philippe, seigneur de Néry, et petite-fille du
célèbre Guillaume de Nanteuil ou de Crépy,
frère de Renaud, évêque de Beauvais, dont
nous avons parlé plus haut, lequel Guil-

(1) Cfr. DELETTRE : *Hist. du Dioc. de Beauvais,*
1843, II, p. 395.

(2) Aujourd'hui commune du canton de Crépy-
en-Valois, limitrophe de Saintines.

laume, devenu chancelier de France en 1293,
s'était fait son protecteur. Jeanne lui apporta
en dot la plus grande partie de la terre de
Brasseuse, et quelques droits sur celle de
Saintines, droits qu'elle tenait encore de la
maison de Nanteuil. Pierre de Cugnières
réunit donc, en sa main, toute la seigneurie
de Saintines dont Philippe de Valois renou-
vela en faveur de son conseiller les privilèges,
par lettres du 9 septembre 1330.

Au mois de juin 1336, le même roi, alors
« au Bois de Vincennes », réunit en une
seule foi et hommage au fief de Boullency
(Bouillancy) (1), que Pierre de Cugnières
tenait de la Châtellenie de Meaux, cinq
« hommages » qui avaient été vendus audit
Pierre pour le prix de 21 livres tournois par
Gilles d'Acy, écuyer, et Jeanne, sa femme.
De ces cinq hommages situés « ès villes et
terrouers de Ville-Saint-Geneis (2), de Boul-
lancy et d'ailleurs », et dépendant comme
arrière-fiefs de la Chatellenie de Meaux, le
roi déclare que « damoiselle Béatrix de
Notre-Dame de la Tour tient l'un au prix de
dix livres tournois de rente par an ; le seigneur de Hardecourt, chevalier, tient l'autre
au prix de dix et sept livres de terre par an ;
item le fié de la Serve ou prix de cinquante
souldées à tournois de rente par an ; item le

(1) Bouillancy, canton de Betz.
(2) Villers-Saint-Genest, canton de Betz.

fié de Pierre Ficte (?) que Oudart de Retel, chevalier, tient au prix de deux mines de blé de rente et de quatorze soulz en deniers par an ; et tout le droit, etc. » (1).

En 1337, Philippe de Valois augmenta encore les droits d'usage et de pacage du château de l' « Isle », comme on appelait alors l'ancien manoir du lieu (2).

Enfin, au mois de novembre de l'année 1342, le roi, alors « au Fay ou Loge », et considérant les bons et agréables services de son « amé et féal chevalier et conseiller Pierre de Cuignières », lui octroya, à lui et à ses hoirs et successeurs, « tenans et possedens sa maison de Saintines, que il puisse et mettre et avoir perpétuelment à touzìours, pour leur volenté et à leur proffit, soixante pourciauls en nostre forest de Cuise, pour nourrir et encressier en ladicte forest, et oster et remettre à leur volenté yceuls, pourveu toutefois que li nombres ne excède ou seurmonte à une foiz le nombre de soixante... » (3).

De son côté, Pierre de Cugnières ne négligeait aucune occasion d'améliorer et

(1) *Arch. Nat. Trés. des Chartes*, JJ, reg. 69, pièce 336.

(2) GRAVES : *Statist. du cant. de Crépy*, Beauvais, 1843, in-8. — BIET, *loc. cit* p. 144.

(3) *Archiv. Nat. Trésor des Chartes*, JJ, reg. 68, pièce 411.

d'augmenter son domaine. Nous en avons une preuve dans le fait suivant.

Les religieux augustins de Saint-Quentin de Beauvais avaient eu autrefois sur la rivière d'Automne, près du Pont de Espaillart, un moulin habité par douze « hôtes ». Ce moulin avait été brûlé, par cas fortuit, il y avait environ une cinquantaine d'années. Comme il y avait suffisamment de moulins dans le voisinage, le Chapitre de Saint-Quentin avait résolu de ne pas reconstruire le sien, et l'abbaye conservait seulement la place où il avait existé et dont elle ne savait que faire.

Pierre de Cugnières songea donc à tirer parti de cet abandon, et dans un acte du samedi après la Toussaint 1338, dans lequel il est qualifié seigneur « de Brachiisilvâ (Brasseuse) et de Saintinis », il proposa à l'abbé et au couvent de Saint-Quentin de Beauvais de lui donner l'emplacement de leur moulin ruiné en emphytéose perpétuel, sous réserve d'un cens annuel de cinq sous payable à la Toussaint à leur prieur de Béthisy, avec droit pour lui de reconstruire le moulin pour l'usage de sa maison de Saintines. L'accord, accepté par les moines le 1er février 1338 (1339), fut confirmé par le roi, à Paris, au mois de mars suivant (1).

_____

(1) *Arch. Nat. Trés. des Chartes*, JJ, reg. 71, pièce 204. — Parmi les témoins de cette pièce, nous relevons les noms suivants : Pierre « de

Ainsi embelli et muni de tous les agréments qui rendaient désirable un manoir du XIV⁰ siècle, Saintines devint de plus en plus le séjour préféré de son maître. Il venait y passer tous les instants que lui laissaient libres les obligations de sa vie publique et c'est là qu'il mourut vers 1346 (exactement entre 1345 et le 13 mars 1347) et qu'il fut inhumé dans la partie nord de l'église paroissiale qu'il avait construite (1).

Son fils, Jean de Cugnières, que nous trouvons qualifié de « damoiseau » dans un acte du 5 mars 1334 (2), lui succéda et

Malo-Bogio, legum professore » ; Arnauld de Lagny, avocat ; Jean de Néri, écuyer (probablement un parent de la femme de Pierre de Cugnières) ; Pierre de Navarre, serviteur dudit Pierre « de Malobogio » ; Jean Pigoul ; Garnier de Treffles, notaire public ; Jean le Mayeur, etc. Ce dernier serait-il le même que le mari de Marie de Cugnères dont nous parlons plus haut? Cela est possible, bien que ce nom soit extrêmement répandu au moyen-âge et que nous maintenions, quant à nous, notre opinion précitée.

(1) C'est certainement par inadvertance que M. Müller (*Monogr..... de Senlis*, 1884, p. 704) prétend que Pierre de Cugnières avait sa statue sépulcrale à N. D. de Paris. Les sources même qu'il indique à l'appui de cette affirmation prouvent qu'il a confondu avec une statue de notre personnage, le « Marmouset » dont nous parlons plus haut.

(2) *Archiv. Nat.* X¹ᴀ6, fol. 369, vᵉ.

obtint en 1357 la confirmation de tous les droits et privilèges qui avaient été accordés à son père en 1330 et 1342.

C'est ce même Jean, fils de Pierre de Cugnières, qui donna, le 19 octobre 1346, une quittance que nous reproduisons ici à cause des détails curieux qu'elle contient.

« Sachent tuit que nous Jehan de Cuignières, chevalier, sire de Bracheuse en partie, chertessions et affermons par nostre serment que nous recheumes l'ordre de chevalerie le XXIIIᵉ jour d'aoust l'an mil CCCXLVI à la Blanque-taque et le XXVIᵉ jour dudit mois eumes mors à la bataille qui fu a Cressy trois chevals, c'est assavoir : sous nous un cheval gris hart laboure de IIII jambes qui bien valoit CC l. t., un autre cheval morel wergnie en la cuisse destre qui bien valoit CL l. t. sur quoy estoit montes Jaques nostre frère (1) ; et un autre cheval morel si merchié en la fesse sur quoy estoit montés Girart Dinait (?) qui bien valoit C l. t. En tesmoing de ce nous avons scellé ces lettres de nostre scel. Faites à Compiègne le XIXᵉ jour d'octobre l'an dessus dit. » (2).

Cette quittance est scellée des mêmes armoieries que celles que nous avons citées plus haut.

(1) Nous n'avons rencontré aucune autre mention de ce Jacques de Cugnières.

(2) CLAIRAMBAULT, *Titres scellés*, mss. vol. 38.

En 1355, Jean de Cugnières servait dans le Maine et en Anjou, sous le commandement de Guillaume de Craon, vicomte de Châteaudun, comme nous l'apprend une autre quittance du même recueil, en date à Pouancé du 20 janvier de cette année (1).

Après la mort de Jean de Cugnières, arrivée sans qu'il laissât de postérité légitime (2), la plus grande partie de la terre de Saintines passa à sa nièce, Marie de Sermoises, fille de sa sœur aînée Marguerite de Cugnières, et de Pierre de Sermoises.

Marie l'apporta en dot, ainsi que Brasseuse, vers 1385, à Guillaume le Bouteiller de Senlis, seigneur de Saint-Chartier, dont la fille Jeanne la reçut en mariage, lorsqu'elle épousa Jean de Vaux. Et enfin, de cette famille de Vaux, le domaine de Saintines entra par alliance, à la fin du

---

(1) CLAIRAMBAULT, *Titres scellés*, vol. 38, p. 2.845.

(2) Une donation de Charles VII faite en 1445 à Jean de Pisseleu, pourrait nous faire croire qu'il laissa des fils naturels (*Arch. Nat.*, JJ, reg. 178). Cet acte donne, en effet, à Jean de Pisseleu, en dédommagement de ce qu'il a perdu dans le Beauvaisis, au service du roi, des terres et biens, de présent de nulle valeur « que acquist pièça Jehan de Cuignières, dit le Brun, en son vivant chevalier, et dont il a joy jusques à son trespassement, et depuis en ont joy deux de ses enfants illégitimes jusques à leur trespas... »

XVI⁰ siècle, dans la maison de Vieux-Pont
dont les héritiers ou ayant-cause la possé-
dèrent jusqu'à la Révolution.

V

Je reviens maintenant, pour conclure, à
l'identification des noms du Plessis et du
Fossé-Saint-Martin que nous trouvons dans
les pièces du procès intenté en 1345, par
Pierre de Cugnières, à la veuve de Jean son
cousin.

Non loin de Saintines se trouve un hameau
qui s'appelle aujourd'hui Fosse-Martin et
qui dépend de la commune actuelle de
Réez-Fosse-Martin, canton de Betz. L'église
de ce village est encore sous le vocable de
Saint-Martin. Fosse-Martin relevait autrefois de Bouillancy ou le Plessis-Bouillancy,
dont nous avons vu plus haut que Pierre de
Cugnières était seigneur. C'est donc évidemment ici qu'il faut chercher le *Plessis* de
notre texte.

Il est aussi permis de supposer que les
fiefs du Plessis-Bouillancy et de Fossé-
Saint-Martin ou Fosse-Martin étaient ratta-
chés, dès l'échange de 1311, à l'importante
seigneurie de Saintines, l'une des quatre
baronnies du Valois, dont ils formaient, du
reste, une dépendance peu éloignée, puisque

les cantons de Crépy et de Betz sont aujourd'hui limitrophes.

Bouillancy resta, d'ailleurs, assez longtemps dans la famille de Pierre de Cugnières, car Hugues de Vaux, fils du seigneur de Saintines, et très probablement le petit-fils de Jean de Vaux que nous citions tout à l'heure, comparut en 1540 à la réformation de la gruerie du Valois, comme seigneur du Plessis-Bouillancy (1). Or, Hugues de Vaux descendait directement de Marie de Sermoises, nièce de Jean de Cugnières, fils de Pierre, par Jeanne la Bouteillière, mariée à Jean de Vaux, et qui avait reçu en dot de son frère Guillaume le Bouteiller, la terre de Saintines.

Je crois avoir suffisamment démontré que Pierre de Cugnières appartenait, aussi bien par ses origines que par la situation de ses terres, à notre pays. Je serais doublement heureux si ces notes permettaient désormais aux biographes de donner des détails plus circonstanciés sur un homme qui a joué, de son temps, un rôle si important, et sur lequel les dictionnaires spéciaux ont été jusqu'ici d'un laconisme aussi humiliant pour sa mémoire que pour leur propre érudition.

(1) GRAVES : *Statis. du Canton de Betz*, Beauvais, 1851, in-8.

INDEX ALPHABÉTIQUE

—

E

M

Q

S

T

W

WEISS (M.), cité, 21.

Y

YANVILLE (d'), v. COUS-
TANT.
YGONET (le P.), cité, 98.

———

TABLE DES MATIÈRES

.

ACHEVÉ D'IMPRIMER

A

SENLIS

PAR

Mᵐᵉ Vᵛᵉ ERNEST PAYEN

IMPRIMEUR

le 1ᵉʳ Décembre 1892.

Ouvrages du même Auteur :

Mémoire sur l'Origine de la Ville et du Nom de Senlis. — Senlis, 1863. — In-8°.

La Langue latine étudiée dans l'Unité Indo-Européenne. — *Histoire, Grammaire, Lexique.* — Paris, 1868. — 1 vol. in-8°.

La Grande Voie romaine de Senlis à Beauvais et l'Emplacement de Litanobriga. — Senlis, 1873. — In-8°, 2 cartes.

Note sur un Temple romain découvert dans la forêt d'Halatte. — Paris, 1874. — In-12.

Etude sur quelques Monuments mégalithiques de la Vallée de l'Oise. — Paris, 1875. — In-8°, 50 fig.

Notice sur des Tombes découvertes dans le Cimetière de Mont-l'Evêque (Oise). — Senlis, 1876. — In-8° avec fig.

Un Sceau du Prieuré de Bray-sur-Aunette. — Senlis, 1875. — In-8° avec fig.

Le Musée archéologique, *Recueil illustré de monuments, etc.*, publié avec la collaboration d'archéologues français et étrangers. — Paris, 1876-77. — 2 vol grand in-8° avec fig.

Annuaire des Sciences historiques. — Paris, 1877. — 1 vol. in-12.

Les Pays Sud-Slaves de l'Austro-Hongrie *(Croatie, Slavonie, Bosnie, Herzégowine, Dalmatie).* — Paris, 1883. — In-18 jésus, 58 gravures.

Les Intérêts français dans le Soudan Ethiopien. — Paris, 1884. — In-18 jésus, 3 cartes.

La France en Ethiopie : Histoire des Relations de la France avec l'Abyssinie chrétienne, sous les règnes de Louis XIII et Louis XIV (1634-1706). — Paris, 1886, 1" édit. — In-18 jésus, avec carte. — Paris, 1892, 2° édit.

Recueil des Instructions données aux Ambassadeurs de France... en Portugal, publié sous les auspices de la Commission des Archives Diplomatiques au Ministère des Affaires Etrangères. — Paris, 1886. — 1 vol. gr. in-8°.

Les Châtelains de Beauvais. — Beauvais, 1888. — In-8° avec fig.

Arabes et Kabyles (Questions algériennes). — Paris, 1891. — In-18 jésus.